SÉANCE PUBLIQUE

DE L'ACADÉMIE IMPÉRIALE

DES SCIENCES, BELLES-LETTRES ET ARTS

DE LYON.

Lyon. — Imp. de F. Dumoulin, rue Centrale, 20.

SÉANCE PUBLIQUE

DE

L'ACADÉMIE IMPÉRIALE

DES SCIENCES, BELLES-LETTRES ET ARTS

DE LYON,

du 21 juin 1853.

LYON.

IMPRIMERIE DE F. DUMOULIN,

Rue Centrale, 20, au 1er étage.

1853.

ACADÉMIE IMPÉRIALE DES SCIENCES, BELLES-LETTRES ET ARTS DE LYON.

SÉANCE PUBLIQUE

DU 21 JUIN 1853.

DISCOURS D'OUVERTURE

PAR

M. MENOUX,

PRÉSIDENT.

Messieurs,

Faire connaître l'ordre assigné dans cette séance à vos travaux, c'est annoncer une solennité que leur nature doit rendre imposante et grave.

Lyon est la terre du courage : assurément, il l'a prouvé ; et son sol est fertile en nobles créations.

Suchet y vit le jour ! soldat intrépide, vaillant capitaine, chef illustre, et toujours mû par le sentiment du devoir, il put atteindre, en s'élevant sur des trophées, la plus haute dignité militaire.

L'éloge d'un grand homme est l'expression touchante de l'admiration : il est surtout pour la cité qu'honora son berceau, une dette exigible et sacrée. L'Académie a demandé que cette dette fût acquittée. Des écrivains exercés et habiles vous ont apporté, Messieurs, de riches tributs ; il est si doux de reproduire les grandes actions, et une palme a tant d'attraits ! Mais les juges du concours ont dû s'armer d'une impartialité sévère. Tous les droits ne sont pas égaux, alors même que de faibles nuances rendent le choix embarrassant. Frappé de combinaisons étendues et profondes, on admire : charmé de détails ingénieux et pittoresques, on préfère ; séduit par des aperçus délicats et fins, on se sent entraîné ; le doute devient tour à tour un plaisir, une peine; aussi, devant deux athlètes dignes l'un de l'autre, vos commissaires n'ont pas dû échapper à une honorable hésitation ; mais ils avaient un devoir à remplir : leurs lumières ont éclairé leur conscience ; ils ont prononcé.

M. le baron de Polinière va rendre compte de cette décision, et saura la justifier. Douce mission pour une âme élevée que d'avoir à montrer le maréchal Suchet prévoyant dans sa tente, actif et ferme au milieu des camps, brave sous le drapeau, ingénieux et redoutable devant l'ennemi, généreux à l'aspect du malheur, modérateur bienfaisant et sage, quand il avait à diminuer les infortunes de la guerre.

En applaudissant dans le tableau qu'a tracé votre éloquent rapporteur à ces pensées qui ont de la vie, à cette demi-teinte de poésie qui les colore, vous ne vous étonnerez pas de leur harmonieux effet. C'est le propre du vrai talent d'unir sans effort et avec grâce la branche d'un chêne majestueux à d'immortels lauriers pour en faire hommage à la gloire.

Un génie modeste a introduit dans nos ateliers de tissage des inventions fécondes ; depuis longtemps la reconnaissance publique bénit Jacquard. Mais un savant distingué, un ami des arts, M. Matthieu de Bonafous, a désiré que ce nom fût redit au Parnasse ; il vous a choisis, Messieurs, pour l'aider dans l'accomplissement de ce vœu : vous avez fait appel aux talents poétiques.

De nombreux émules sont entrés dans la lice. Une lutte animée et brillante s'est engagée sous vos yeux. M. Victor de Laprade vous a montré le vainqueur !

Mais les jets d'une vive lumière indiquaient une œuvre remarquable : elle a été signalée par une mention très-honorable. La Chambre de commerce vous a mis en position de faire davantage. Elle étend, vous le savez, la toute puissance de ses pensées sur tous les éléments de la prospérité commerciale ; Jacquard lui fut cher, et vous tenez de ses mains la guirlande que l'Académie destine à récompenser d'heureux efforts.

Ainsi, vous entendrez votre rapporteur, ce noble organe des Muses, féliciter leurs favoris, et vous aimerez à le voir jeter un charme nouveau sur des couronnes dont vous avez toujours, au gré même de ses rivaux, réservé avec bonheur la plus belle pour en orner son front.

Une question toute philanthropique, se rattachant aux intérêts essentiels de la cité, a été soumise aux méditations d'hommes réfléchis et doués d'une sage expérience. L'Académie a désiré connaître :

« Les moyens d'adoucir et d'atténuer, pour les ouvriers en « soie, les effets des crises de la fabrique de Lyon. »

L'attrait de ce problème était puissant ; le commerce, l'industrie, le travail et l'humanité avaient à délibérer sur leurs destinées communes. On pouvait donc espérer une solution positive et concluante.

Cinq mémoires ont été produits. Tous ont le charme d'une grande pureté d'intention et le mérite de laborieux efforts.

Mais des innovations hardies, appuyées seulement sur de frivoles espérances ; des plans ingénieux dont l'exécution paraît impossible ; des combinaisons à la fois généreuses et imprudentes, n'ont offert à votre commission que des utopies plus ou moins éloignées de la vérité cherchée.

Toutefois elle a remarqué le Mémoire n° Ier portant pour épigraphe ce passage de l'Esprit des lois :

« Il n'y a qu'une société de perte et de gain qui puisse

« réconcilier ceux qui sont destinés à travailler, avec ceux « qui sont destinés à jouir. »

Dans cet écrit, des recherches historiques naturellement amenées, quelques fortes pensées, un style pur, des lignes tracées avec noblesse et sentiment ont captivé d'abord les juges du concours; fâcheusement ils ont reconnu que l'auteur, dans sa marche, s'est mis en opposition directe avec le but qu'il devait toucher.

Le Mémoire n° 4, dont l'épigraphe est tirée de l'Ecclésiaste : « Animam esurientem non despexeris, et non exasperis « pauperem in inopiâ suâ ; » s'est rapproché davantage des conditions du programme.

L'auteur, de prime abord, jette un regard inquiet sur l'abaissement successif de la suprématie industrielle chez diverses nations; puis il signale les dangers qui menacent l'industrie lyonnaise. Il se livre ensuite à des calculs qu'on doit croire exacts par rapport aux frais de la vie d'un ouvrier en soie, comparés à ses gains annuels ; il déclare qu'une retenue serait possible sur les produits réalisés, en vue de parer aux chances de chômage.

Cependant, un manque de prévoyance laisse presque toujours dépenser inégalement le salaire qui, pouvant suffire au présent, prêterait encore des secours à l'avenir. De là les inconvénients et parfois les rigueurs auxquels l'ouvrier est exposé dans son état de gêne.

Comment conjurer ces abus ?

Une sorte de communauté dirigée, surveillée par un comité gratuit et bienveillant, favoriserait des approvisionnements toujours moins onéreux que les achats journaliers en détail. Ainsi le bien-être entrerait dans la famille pour profiter à tous ses membres.

Non, cette idée n'est pas neuve ; l'exécution en fut, naguère, essayée sans succès ; mais, dégagée aujourd'hui des influences mauvaises qui l'altéraient alors, elle deviendrait tutélaire et morale.

Quoiqu'il en soit, la commission a jugé le mémoire digne d'une mention honorable. Est-ce assez? Conviendrait-il de faire davantage? Messieurs. Vous vous prononcerez plus tard.

Mais enfin elle n'a pas pensé, votre commission, « en résu-« mant la portée de tous les documents présentés, et malgré « le mérite partiel de certains d'entre eux, que ces travaux « aient répondu à la grande question que l'Académie a « posée. »

Et pourquoi? M. Duport-Saint-Clair vous l'a nettement expliqué.

Ici, Messieurs, vous ne regretterez plus l'absence du rapporteur dont j'ai décoloré, dans une succincte analyse, les hautes considérations développées par lui avec une lucidité parfaite et une gracieuse élégance. C'est sa leçon que je répète :

« Sans faire l'histoire entière, et sans remuer les souvenirs « sanglants des journées de deuil qui, depuis vingt ans, ont « affligé notre Cité, il eût été utile d'analyser les causes de « ces désastres dans le passé, avant de proposer des remèdes « pour les éviter dans l'avenir.

« D'ailleurs, les charges qui pèsent sur nos ouvriers en soie « n'ont point été comparées à celles des ouvriers dans d'autres « localités. La consommation intérieure et extérieure des pro-« duits de la fabrique lyonnaise devait être appréciée. La « différence de ces charges et les allures de la consommation « semblaient pourtant des études utiles, on pourrait dire in-« dispensables, pour indiquer la cause première, pour cal-« culer la force, pour évaluer les chances futures de ces crises « industrielles dont on se propose de pallier les effets. »

« La commission a remarqué encore que dans ceux de ces « écrits qui ont un caractère d'application directe à notre

« industrie, on ne s'est occupé que des tisseurs, et point du « tout de l'ensemble des personnes employées aux diverses « branches de la fabrique des étoffes de soie. Cependant l'in- « tention de l'Académie embrasse la généralité des ouvriers « servant à cette fabrication dans toutes les opérations qui « précèdent et suivent le tissage. »

Ces motifs vous ont déterminés, Messieurs, à proroger le concours dont le terme sera fixé par vous.

Une telle mesure laisse entiers les droits acquis ; elle permet à chacun des concurrents de se livrer à de plus profondes méditations, pour améliorer et compléter son travail ; elle fait espérer aussi de nouvelles productions qui serviront à rendre le triomphe plus flatteur. Quand l'atmosphère se dégage et s'épure, le ciel devient plus serein et le jour plus brillant.

Un mot encore, et ce mot est l'expression d'un sentiment sincère. Vous avez recherché plutôt qu'élu un savant désigné à votre préférence par une réputation affermie. M. Frénet, en venant prendre place au milieu de nous, fera preuve que des connaissances puisées dans le ciel profitent largement à la terre. Sans doute, un grand astronome, au sujet de Keppler, a dit avec raison : « La lumière fut produite pour embellir « le monde, et l'œil fut créé pour la voir. » Mais vous, Messieurs, vous reconnaîtrez, en écoutant notre confrère, que le plus précieux de nos sens est celui qui permet d'entendre.

J'invite M. le Baron de Polinière à prendre la parole.

CONCOURS OUVERT POUR L'ÉLOGE

DE

M. LE MARECHAL SUCHET, DUC D'ALBUFÉRA.

RAPPORT

AU NOM D'UNE COMMISSION

Composée de

MM. GRANDPERRET, A. JORDAN, L. DUPASQUIER, DARESTE DE LA CHAVANNE, et DE POLINIÈRE, à laquelle s'est adjoint M. FRAISSE, secrétaire général;

Lu en séance publique, le 21 juin 1853,

PAR

M. le Dr BARON de POLINIÈRE,

RAPPORTEUR.

Messieurs,

Fière, à juste titre, de sa puissance commerciale et de son industrie sans rivale dans le monde, la ville de Lyon peut s'énorgueillir également des hommes célèbres qu'elle a donnés aux sciences, aux lettres et aux arts.

A des époques diverses et dans des carrières différentes, telles que l'administration, les finances, la politique et la guerre, on a vu des Lyonnais se distinguer par d'importants services rendus à la France.

Parmi les enfants de notre belle cité, il en est un, dont le nom a retenti bien au-delà des limites de son pays : c'est M. le maréchal Suchet, duc d'Albuféra.

Né le 2 mars 1770, dans une de ces familles considérables du haut commerce, parmi lesquelles se recrutent l'administration municipale et les conseils de nos institutions de bienfaisance, Louis-Gabriel Suchet fut élevé par sa mère, née Jacquier, femme aussi vertueuse que belle et d'une piété éclairée. Après avoir terminé ses études au collége de l'Ile-Barbe, il entra dans les comptoirs de son père, qui était fort désireux de léguer à ce fils chéri la conduite de sa maison de commerce. Le jeune Suchet obéit aux volontés paternelles, mais sans vocation pour l'état qu'on lui avait choisi. Les goûts belliqueux, l'amour de la gloire faisaient battre son cœur. Dès sa première enfance, il avait annoncé cette disposition, qui ne fit que s'accroître avec le développement de son intelligence et de sa force.

En 1792, la première coalition continentale venait d'être déclarée et menaçait nos frontières ; la jeunesse française court avec enthousiasme à leur défense.

Gabriel Suchet, âgé de vingt-un ans, ressent cet élan patriotique et entre comme volontaire dans l'un des corps improvisés. Peu de temps après il est élu capitaine d'une compagnie franche. Devenu, le 20 septembre 1793, chef du 4e bataillon de l'Ardèche, il se signale au siége de Toulon par son intrépidité et y fait prisonnier le général en chef de l'armée anglaise, O'Hara.

C'est ainsi qu'est inaugurée sa carrière : elle commence au même lieu et en même temps que celle d'un autre officier du même grade, qui devait un jour, s'appeler l'empereur Napoléon.

Cette action d'éclat n'était que le prélude d'une série d'actions non moins brillantes. Que ne pouvons-nous suivre le jeune Suchet dans ces campagnes d'Italie, dont les noms de Montenotte, de Lodi, d'Arcole, réveillent les impérissables souvenirs! Par quels hauts faits ne le verrions-nous pas marquer partout sa présence!

A Loano (23 novembre 1795), il s'empare de trois drapeaux autrichiens.

A Céréa (24 septembre 1796), près de Legnago, il est blessé glorieusement en combattant à la tête de son corps, dit le bulletin du général en chef, Bonaparte.

Incorporé avec son bataillon, dans la 18e demi-brigade, et marchant à l'avant-garde de Masséna, il est blessé à Tarvis (24 mars 1797) pour la troisième fois, et offre au général en chef les trophées de ce combat fameux.

A Neumarktl (2 avril 1797), il est nommé sur le champ de bataille chef de brigade, pour prix de son courage et de ses blessures.

A Berne (5 mars 1798), il seconde le général en chef Brune et opère avec une énergique habileté la jonction des corps de l'armée. En récompense de ce service éminent auquel est due la victoire, il est député à Paris pour présenter au Directoire vingt-trois drapeaux conquis sur l'ennemi.

Le jeune héros, à peine âgé de vingt-sept ans, et qui avait déjà versé quatre fois son sang pour sa patrie, reçoit des armes d'honneur et les épaulettes de général de brigade.

Il revient auprès du général en chef et remplit les fonctions de chef d'état-major. C'est dans cette sphère élevée, que parurent enfin au grand jour les talents divers qui, plus tard, acquirent à Suchet une si haute réputation.

Brune est remplacé par Joubert. Ce dernier apprécie le jeune chef d'état-major, le conserve et lui accorde une confiance, qui se change en intime amitié.

En rétablissant l'ordre dans l'armée, Suchet avait heurté les commissaires civils envoyés par le Directoire. Il fut rappelé à Paris. Joubert accourt pour le défendre. Vainement lui chercha-t-on des torts, il fallut le réhabiliter et le renvoyer au poste d'honneur.

Suchet se rend en Helvétie (avril 1799) sous les ordres de Masséna. C'était au début de cette belle campagne, qui allait se terminer sous les murs de Zurich, par une victoire comparable à celle de Denain.

La brigade de Suchet, séparée du corps de l'armée et cernée par l'ennemi dans les défilés des montagnes, semblait vouée à une perte certaine. Mais par une manœuvre aussi prudente que hardie, le jeune chef de brigade franchit les obstacles jugés insurmontables, et ramène ses braves au moment où l'on désespérait de les revoir. « Je savais bien s'écrie Masséna, que Suchet se tirerait de là ! »

Sur ces entrefaites (18 juillet 1799), le gouvernement venait de désigner Joubert pour sauver l'Italie, envahie par les Russes. Joubert appelle Suchet, qui va remplir de nouveau près de lui, les fonctions de chef d'état-major avec le grade de général de division. Cette réunion des deux amis allait être, hélas ! bientôt rompue !

Dans les champs de Novi (15 août 1799), Joubert, à la tête d'une colonne de grenadiers, voulait soutenir deux bataillons ébranlés et s'écriait : *en avant!* Une balle le frappe au flanc droit et pénètre jusqu'au cœur. Il tombe de cheval, en répétant son commandement : *en avant, mes amis! marchez toujours!* Puis il dit à un de ses aides-de-camp : « Prenez mon sabre et couvrez-moi ! que les Russes me croient encore avec vous! » En prononçant ces mots, il expire. A la vue du corps inanimé de son vertueux ami, Suchet eut l'âme navrée et ne put se défendre les jours suivants, d'une mélancolie profonde. Fort souffrant de ses dernières blessures incomplètement guéries, il paraissait disposé à prendre un peu de repos conseillé par les médecins ; mais ses forces se raniment à la lecture d'une lettre que lui adresse le général Bernadotte, alors ministre de la guerre et depuis roi de Suède. Elle était conçue en ces termes : « La patrie réclame vos secours, mon cher « et brave ami ! N'abandonnez pas l'armée dans un instant « où vos talents lui sont si nécessaires. Championnet remplace « Joubert; aidez-le de vos lumières, le bien public l'exige. »

Suchet répond à ce noble appel par sa défense du Var, défense savante, où se révéla le grand capitaine qui, dans les revers, puise des forces nouvelles et se venge d'une retraite par la victoire.

Dans cette circonstance critique (mai et juin 1800), Suchet anime de son enthousiasme les 8,000 hommes dont il dispose, et soutient pendant plus de douze jours, sans se laisser entamer, les attaques acharnées de 18,000 autrichiens commandés par Elsnitz, lieutenant de Mélas. La dernière tentative d'Elsnitz, vrai coup de désespoir, fut bientôt suivie d'un mouvement rétrograde. Suchet avait sauvé la France d'une invasion imminente. Ce n'est pas tout. Jugeant avec promptitude qu'il pouvait passer de la défensive à l'offensive, il sort de ses retranchements, franchit les crêtes des montagnes, descend dans la vallée, et donne l'étonnant spectacle d'une petite armée de 8,000 hommes qui en poursuit, sans relâche, une de 18,000. Il coupe tout moyen de retraite à l'armée autrichienne sur les bords de la mer, et la réduit à se rendre à discrétion. Il lui prend 33 canons, 6 drapeaux, et fait 15,000 prisonniers. Il s'avance jusqu'à Acqui, où il tient en échec une partie des forces de Mélas, et par cette puissante diversion, concourt à l'immortelle victoire de Marengo.

On peut juger de la grandeur du service que Suchet rendit alors à sa patrie, par la lettre que lui écrivit le ministre de la guerre :

« La France avait les yeux fixés sur le nouveau passage des » Thermopyles. Plus heureux et non moins brave que les

« Spartiates, vous avez su vaincre, général. Gloire vous en « soit rendue! Le gouvernement me charge de vous féliciter « sur vos brillants succès. »

Resserré dans les étroites limites d'un rapport, nous pouvons à peine parcourir cette suite d'exploits qui composent la vie de Suchet; nous avons même le regret de passer sous silence le rôle glorieux qu'il remplit dans les champs de Rivoli, sur les bords du Mincio, et de ne citer que quelques faits, pris presque au hasard, dans les pages d'une si riche biographie. Mais qu'on jette les yeux sur les bulletins de nos grandes guerres : soit qu'ils racontent Austerlitz, Saalfeld, Iéna, Friedland; soit qu'ils rappellent Pultusk et Ostrolenka, où Suchet, à la tête de sa seule division, battit les Russes qui crurent céder au gros de l'armée française; soit enfin qu'ils mentionnent les terribles luttes de la guerre d'Espagne, partout on voit briller le nom du vainqueur de Lérida, de Tarragone et de Sagonte.

Dans son ancien frère d'armes du siége de Toulon, Napoléon aimait à retrouver un de ses lieutenants les plus habiles, les plus féconds en ressources, duquel il disait : « Suchet est quelqu'un chez qui l'esprit et le caractère se sont accrus à surprendre. »

Au reste, sous les divers gouvernements qui se sont succédé, République, Empire, Restauration, notre illustre compatriote ne cessa d'être l'objet d'une confiance absolue et d'une admiration croissante.

Le roi Louis XVIII conçut une estime singulière pour la personne de M. le maréchal duc d'Albuféra, et voulut que l'homme de guerre, qui avait si bien servi son pays par sa vaillante épée et son administration intègre, le servît encore, en apportant à la chambre des Pairs l'autorité de son nom et les lumières de sa vaste expérience. Louis XVIII ne pouvait, d'ailleurs, mettre en oubli la conduite pleine de dignité que le maréchal avait tenue dans les événements de 1815, ni les procédés dont il avait usé envers le duc d'Angoulême, vaincu et prisonnier.

Suchet était à Lyon, lorsqu'un de ses aides-de-camp vint lui apprendre que le général Grouchy avait en son pouvoir le duc d'Angoulême. Quelques personnes qui entouraient en ce moment le maréchal, s'égayèrent aux dépens du prince et le raillèrent sur sa dévotion. Suchet indigné se leva et leur ordonna de cesser d'insulter au malheur. On se tut. Un instant après, on témoigna quelque joie de voir passer à Lyon le prince prisonnier. Vous ne le verrez pas, messieurs, s'écria avec chaleur le maréchal, car il a capitulé! L'empereur ne refusera point de ratifier la capitulation. Autrement, je quitterais le service. Pour Dieu, messieurs, sauvons l'honneur, c'est tout ce qui nous reste! Puis s'adressant aux officiers de son état-major : Je vous déclare, leur dit-il, que si le duc d'Angoulême arrive en cette ville, nous irons le voir ensemble, et nous lui rendrons tous les honneurs dus à son rang et à ses vertus.

Quels élans chevaleresques! quels généreux sentiments!

Cette date de 1815 nous rappelle encore un de ces traits qu'on aime à mentionner. L'Empereur avait donné l'ordre de mettre Lyon en état de soutenir un siége contre l'armée autrichienne. Le maréchal porte son attention sur la montagne de Fourvières, comme point stratégique formidable. Il la visite, et retrouvant là le temple de la Vierge, protectrice de la Cité, il s'agenouille avec recueillement au pied de l'autel où sa mère l'avait souvent amené pendant son enfance. Des larmes d'attendrissement manifestent les émotions de son âme. Il se relève, fait une pieuse offrande au prêtre avec lequel il s'entretient affectueusement, et lui déclare qu'il renonce au projet d'attirer les forces de l'ennemi sur ce lieu consacré par la foi lyonnaise. Il veut que Notre-Dame de Fourvières reste à l'abri des ravages de la guerre. C'est ainsi qu'en Espagne, il avait déjà protégé le sanctuaire de la Vierge. Après le siége de Sarragosse, un ministre du roi Joseph avait donné les ordres les plus pressants pour que l'argenterie de Notre-Dame du Pilar fût expédiée à Madrid. Ce temple vénéré par les Espagnols, riche des dons de plusieurs souverains, possédait une grande quantité de vases, de candélabres et de statues en or et en argent massif. Le peuple de Sarragosse attachait un grand prix à leur conservation. Le général en chef prit sur lui de ne pas les laisser enlever, et résista aux injonctions réitérées du ministre.

Les mémoires que M. le maréchal Suchet a écrits sur ses campagnes en Espagne, depuis 1808 jusqu'à 1814, contiennent des réflexions et des préceptes dictés par une haute sagesse, non-seulement sur la guerre, mais encore sur l'administration et les finances. Ce livre ne saurait être trop médité par les généraux et les officiers, auxquels il est principalement destiné; mais il offre, en outre, un grand intérêt à tous les esprits sérieux qui s'occupent d'histoire, de géographie ou d'économie politique. Comme la suite des événements s'y déroule d'une manière saisissante! Comme les opérations des siéges y sont exposées avec méthode! Quelle clarté, quelle concision dans les détails! Quelle profondeur de vues dans l'organisation administrative! Et quand, pour l'intelligence des faits, l'auteur doit décrire le pays et les mœurs, avec quelle netteté de pinceau et quelle vivacité de coloris ne nous représente-t-il pas ces riches contrées et leur nature propre! Le guerrier devient écrivain. Cet ouvrage, qui fit grande sensation, a obtenu l'honneur d'être traduit dans toutes les langues de l'Europe; la traduction espagnole est précédée de l'éloge de M. le duc d'Albuféra.

Pour peu qu'on essaie de lire les mémoires du maréchal, on se sent captivé. On admire sa prudence en toutes choses, et cette pénétration qui lui faisait distinguer la capacité et le degré d'aptitude de chaque homme. En effet, il tirait parti de tous, et pouvait dire avec vérité que dans les corps de son armée, il n'y avait aucun membre inutile.

Il était venu à bout de persuader à tous ses soldats que chacun d'eux avait de l'importance et était, partout et toujours, vu et apprécié. Aussi, après avoir formé tant de bons officiers, tant de bons soldats, éprouve-t-il le besoin d'associer leurs noms au récit de ses campagnes.

Sans nuire à la rapidité de la narration, il mentionne les services des autres avec tant de reconnaissance et d'effusion, qu'il semble parfois s'oublier lui-même. Comme il ne parle de ses actes personnels qu'avec réserve et brièveté, il faut, pour les apprécier à leur juste valeur, et pour bien connaître le maréchal, ne pas se renfermer seulement dans la lecture de ses écrits ; il faut évoquer les souvenirs de ses compagnons d'armes, et recueillir ce concert de louanges que font entendre encore tous ceux qui obéissaient à son commandement.

M. le maréchal Suchet était un de ces hommes d'élite sur lesquels la Providence se plaît à verser ses dons. D'une taille élevée, d'une constitution forte, il avait des traits nobles et caractérisés, un maintien digne, simple et gracieux. Dans son regard et sa physionomie empreints de bonté et de douceur, se reflétaient les sentiments de son âme magnanime et bienveillante. Il avait de l'imagination, de la sensibilité et parlait avec facilité et éloquence. Toutefois, Napoléon disait de Suchet : « Ce qu'il écrit vaut mieux que ce qu'il dit, et ce qu'il fait « vaut mieux que ce qu'il écrit... C'est le contraire de bien « d'autres... Si j'avais eu deux maréchaux comme Suchet, « non-seulement j'eusse conquis l'Espagne, mais encore je « l'aurais conservée. Son esprit juste, conciliant et adminis- « tratif, son tact militaire et sa bravoure lui avaient fait « obtenir des succès inouis. Il est fâcheux, ajoutait-il, que

« des souverains ne puissent pas improviser des hommes « comme celui-là. »

Chez le maréchal Suchet, les mouvements d'un cœur affectueux s'alliaient à la volonté ferme d'un chef qui veut l'ordre et la discipline. Juste et indulgent, il n'oubliait jamais un service et ne se montrait jamais inexorable pour une faute. Punir était une nécessité à laquelle il ne cédait qu'avec émotion, et il n'accomplissait ce devoir qu'en s'empressant d'en adoucir la rigueur.

Il avait connu à fond les soldats, en vivant au milieu d'eux; il avait vu de près et senti toutes ces épreuves d'obéissance, de privations, de fatigues, de dangers qui les saisissent dès leur arrivée sous les drapeaux et qui se renouvellent à chaque instant de chaque jour; il appréciait ce dévouement qui les rend capables de tous les sacrifices et toujours prêts à consommer le plus grand de tous, celui de la vie. Aussi tenait-il le soldat en haute estime; il l'aimait et savait pourvoir à ses besoins. De là cette influence puissante et merveilleuse qu'il exerçait sur son armée dont il était adoré. Confiance, courage, enthousiasme ou résignation, tous les sentiments qui font frémir la fibre militaire se répandaient dans les rangs à l'aspect du maréchal et par l'effet persuasif de sa parole sympathique. La sévérité du général en chef toujours tempérée par une bonté inépuisable, avait rendu facile cette discipline parfaite qui régnait dans son armée. Il animait de son esprit chacun de ses soldats, qui tous servaient par affection et se regardaient comme membres d'une famille militaire, dont le maréchal était le chef et le père.

Les soins attentifs que M. le duc d'Albuféra prodiguait à ses soldats, il les étendait également sur les habitants du pays, théâtre de la guerre.

A la tête de l'armée d'Aragon, le maréchal Suchet a surpassé tout ce que sa réputation promettait. Ses cinq campagnes qui attestent partout le coup-d'œil et l'habileté du grand capitaine, la continuité de ses succès, au milieu d'un dénuement extrême et de dangers incessants, sont des faits consacrés par l'Histoire. Il a soumis trois provinces puissantes de l'Espagne; il a pris dans dix siéges et plus de vingt combats et batailles, 78,205 sous-officiers et soldats, 3,890 officiers, 94 drapeaux et 1,415 bouches à feu. Il a envoyé en France, du 12 octobre 1813 jusqu'au 12 avril 1814, 84 canons de siége, 150 de bataille, 33,500 fusils, et 6 millions de cartouches.

Mais on ne sait ce qu'on doit admirer de plus de ces étonnants résultats, ou de cette administration vigilante, créatrice et féconde, appliquée à des pays conquis et dans laquelle se déployent la sagacité et la grandeur d'âme du conquérant.

Son devoir étant de nourrir la guerre par la guerre, il a prélevé sur les revenus du pays, pendant l'occupation des provinces d'Aragon, de Valence et de Catalogne, une somme de plus de 65,000,000 fr., et n'a reçu de France que 8,000,000 fr. L'emploi de ces recettes, justifié de la manière la plus régulière, prouve que l'excédant de la solde des troupes et des dépenses obligées pour leur subsistance et les munitions, était exactement versé au trésor du roi Joseph ou envoyé en France.

Ce simple aperçu, Messieurs, n'est-il pas une éloquente démonstration du génie administratif et de la probité du maréchal?

Si toujours inspiré par l'amour de la justice et de l'humanité, si toujours désintéressé et généreux, le maréchal Suchet a mérité une couronne civique de son armée et de son pays, il en a obtenu une, non moins précieuse, de ses ennemis mêmes, qu'il frappait de contributions onéreuses, qu'il courbait sous la servitude militaire. Par sa prudence et sa bonté persévérantes, par son système d'ordre et d'économie, il venait à bout d'adoucir l'animosité des populations soumises à ses armes, et les haines qui d'abord semblaient indomptables, se changeaient en affection et en dévouement.

Voyez ces fiers Espagnols, si impatients du joug de l'étranger, Suchet ne les avait-il pas amenés à honorer et à aimer le nom français, dont il était, à leurs yeux, la grande personnification !

Ils offrirent au maréchal une épée, comme témoignage éclatant de leur reconnaissance, et ils décorèrent la plus belle place de Sarragosse, du nom de Suchet.

Pendant la campagne de 1823, notre jeune et nouvelle armée retrouva dans toute leur vivacité, ces sentiments de gratitude. Ce n'était pas sans quelque étonnement que nos soldats voyaient accourir et se presser autour d'eux les habitants des villes et des campagnes, prononçant le nom de Suchet, demandant à saluer Suchet, et ne croyant pas que les Français pussent se passer d'un tel chef.

Et enfin, lorsqu'une cruelle maladie enleva celui que les boulets avaient respecté sur les champs de bataille, les églises d'Espagne tendues de voiles funèbres, célébrèrent pour le repos de l'âme du duc d'Albuféra, des offices solennels. Les autorités civiles et militaires y assistèrent, au milieu d'une population immense (2 février 1826). A Sarragosse surtout, dans ces murs ensanglantés par les armes françaises, la douleur des Espagnols fut unanime ; des larmes coulaient de tous les yeux. Partout se sont manifestés les mêmes sentiments, et la *Gazette de Madrid*, en annonçant la mort d'un maréchal, que S. M. Ferdinand VII avait remercié de la manière dont il avait fait la guerre à ses sujets, a payé au duc d'Albuféra un juste tribut de respect et de reconnaissance.

Une députation espagnole vint en France complimenter Madame la maréchale, en lui exprimant la part que prenaient à sa douleur, les provinces d'Aragon, de Valence et de Catalogne, subjuguées et gouvernées par un homme si juste, si bienfaisant, si digne des regrets universels.

L'histoire, Messieurs, offre-t-elle des exemples d'un hommage si touchant et si glorieux !

Ce fut en 1826 (3 janvier) que M. le maréchal, âgé de cinquante-six ans, sentit ses forces plier sous le poids d'un mal incurable. Fidèle à la religion que sa pieuse mère lui avait enseignée, il en réclama les secours, et, suivant l'expression de M. le duc de Reggio, couronna dignement par une fin chrétienne son existence héroïque.

Quelques mois après (18 juin 1826), dans la chambre des Pairs, la mémoire du maréchal duc d'Albuféra était honorée par un de ses dignes compagnons d'armes, M. le maréchal duc de Trévise. « Il est de si belles vies, disait l'orateur, que le simple récit des faits qui les ont remplies en est le plus bel éloge. » Le noble pair raconte la vie du maréchal Suchet. Il en mesure la grandeur et paie un juste tribut d'admiration aux actes et au caractère du héros. Que ne pouvez-vous entendre, Messieurs, ce panégyrique animé par les mâles accents de l'éloquence militaire ! Il produirait sur vos esprits une impression bien autrement vive et profonde, que ne le peuvent faire nos faibles paroles.

Quelle puissance, en effet, ne prêtait-il pas à ses appréciations, le guerrier consommé qui jugeait un autre guerrier, sorti comme lui, des bataillons de volontaires, et s'élevant, comme lui, par son courage, ses talents et ses services, aux premières dignités de l'Etat ! Si nous ne pouvons lire ici le beau discours de M. le duc de Trévise, qu'il nous soit permis au moins, d'en citer quelques passages.

Suchet venait de remporter la victoire à Villa-franca et au col d'Ordal (3 septembre 1813) où le 27e régiment d'infanterie de ligne anglais fut presque entièrement détruit... « Tous les blessés ennemis furent soigneusement pansés sur le champ de bataille et transportés à l'hôpital de Barcelone. Le général anglais put les envoyer visiter. Il écrivit au maréchal Suchet qu'il lui offrait sa reconnaissance éternelle, celle de son gouvernement et de sa nation, pour la manière généreuse avec laquelle il avait traité et fait soigner ses prisonniers...

« La fortune n'est point d'ordinaire si constante; et certes, il était un grand général, celui qui sut la fixer aussi longtemps sous ses drapeaux. Mais combien redoubla l'admiration, lorsqu'on vit avec quelle sagesse et quelle habileté le duc d'Albuféra organisa, au milieu des soins et des périls de la guerre, cette administration dont la modération bienveillante et la loyauté désintéressée l'éleva à un rang à part dans l'opinion !

« Elle fut telle, la sage administration du maréchal, qu'il sut, avec les seules ressources du pays, faire vivre, solder son armée, pourvoir à tous ses besoins et fournir aussi des secours à Madrid. Elle lui valut même la reconnaissance des peuples dont la domination française blessait le plus l'orgueil patriotique... »

Ici l'orateur énumère les procédés sages et humains employés par le maréchal, puis il ajoute :

« Aussi, lors de la délivrance de ces provinces, vit-on un spectacle unique dans les annales de la guerre. On vit la population, loin de se féliciter de la retraite d'une armée ennemie, se presser sur ses pas pour faire éclater autour de son chef les plus vifs témoignages d'estime et de reconnaissance.

« Quelle dut être, Messieurs, la satisfaction du duc d'Albuféra à l'aspect des sentiments qu'inspirait son départ ! Quelle douce récompense de ses peines et de ses travaux, d'entendre le respectable curé d'une des villes qu'il traversa, lui adresser, en présence des habitants réunis, ces paroles où se peignent si bien les regrets de la multitude : Monsieur le maréchal, des événements qui vous sont étrangers vous forcent à nous quitter; mais nous désirons et nous espérons vous revoir parmi nous!.. Honneur, ajoute M. le duc de Trévise, honneur à l'homme dont les vertus, désarmant les haines politiques, ont laissé de si touchants souvenirs!... »

Nous voudrions, Messieurs, multiplier ces emprunts faits au discours éloquent de M. le maréchal duc de Trévise : ils donneraient à notre rapport un plus grand intérêt; ils lui imprimeraient surtout ce caractère imposant d'autorité qu'on peut attendre d'un juge compétent et illustre et que tous nos efforts ne sauraient remplacer.

Maintenant que nous avons esquissé les traits saillants du noble caractère de M. le maréchal duc d'Albuféra, nous pouvons comprendre à quelles poignantes épreuves son âme sensible fut en proie, au début de sa carrière.

Pendant le siége mémorable que la ville de Lyon soutint, du 7 août au 9 octobre 1793, contre l'armée de la Convention, le 4e bataillon de l'Ardèche faisait partie de l'armée d'investissement. Suchet, qui avait été élu capitaine d'une compagnie franche, fut nommé chef de ce bataillon de l'Ardèche. Il arriva le 20 septembre, pour en prendre le commandement et le diriger quelques jours après, vers les départements du Midi; mais avant son départ, il eut sous les yeux le déchirant spectacle du bombardement de sa ville natale. Plus tard et au loin, il apprit la reddition de la place assiégée, et en même temps, les atrocités et les massacres dont Lyon fut le sanglant théâtre. Si la Providence lui épargna la vue de ces scènes de carnage, dans lesquelles ses parents et ses amis étaient immolés, elle lui réservait une mission bien terrible.

Dans le bourg de Bédouin (Vaucluse), un arbre de la liberté avait été renversé, et une partie de la population avait affiché des opinions hostiles à la Convention. Exécuteur des vengeances de l'Assemblée nationale, le proconsul Maignet ordonna que le bourg de Bédouin serait brûlé et que ses habitants seraient décimés (11 mai 1794). Pour assurer l'exécution de ses ordres, il requit le 4e bataillon de l'Ardèche qui, devant Toulon, venait de se couvrir de gloire. Esclave des lois militaires qui veulent l'obéissance et interdisent toute délibération, le jeune chef de bataillon comprit qu'un seul moment d'hésitation était non-seulement sa propre condamnation, mais encore celle des braves qu'il commandait ; il comprit que ses compagnons d'armes périraient, sans sauver, par le sacrifice de leur vie, les victimes désignées.

Il se vit donc contraint de prêter la main à l'exécution de décrets politiques barbares, à des actes de fureurs de parti, lui qui, alors et depuis, n'a jamais servi d'autre parti que celui de la France. Avant de juger une situation si affreuse, on doit se reporter à cette époque de convulsions sociales et de sanglante terreur, on doit se pénétrer des inexorables nécessités de la guerre et surtout de la guerre civile, on doit enfin faire peser sur la mémoire de l'ordonnateur de ces exécutions une responsabilité, qui ne peut atteindre le soldat obéissant à des ordres, dictés au nom de la loi.

Au reste, en consultant les mémoires du temps, nous voyons qu'à Bédouin six à sept maisons seulement furent brûlées ; et que le chef de bataillon, secondé par ses troupes, fut le premier à arrêter les progrès de l'incendie et à atténuer autant que possible, le désastre. Quant aux habitants, prévenus à l'avance par Suchet, ils avaient eu le temps de se sauver, emportant leurs objets les plus précieux. Plus tard, à la vérité et après le départ du bataillon de Suchet, il y eut des arrestations et des victimes ; mais cet ordre de faits devient étranger à l'événement que nous tenions à éclaircir.

Devions-nous, Messieurs, passer sous silence deux circonstances que la calomnie avait essayé d'exploiter pour ternir une grande illustration ? Nous ne le pensons pas. La renommée de M. le maréchal Suchet a pu, dans nos temps de révolution, être en butte à quelques attaques momentanées de l'esprit de parti ; mais, placée si haut et si fortement protégée par l'histoire, elle ne les a point ressenties. Suchet fera toujours l'orgueil de la cité qui l'a vu naître et à laquelle il épargna, en 1815, les horreurs d'un siége et d'une prise d'assaut. Pour arrêter, en effet, la marche de l'armée autrichienne, pour obtenir d'un ennemi enivré de victoires auxquelles il n'était pas accoutumé, pour obtenir, disons-nous l'acceptation de conditions posées par le maréchal lui-même, ne fallait-il pas l'ascendant du nom du duc d'Albuféra et le prestige de ses rares vertus !

Si les Lyonnais venaient à oublier qu'à cette époque désastreuse, ils durent leur salut à leur illustre compatriote, il n'y aurait qu'à reproduire le message solennel que M. le comte de Fargues, maire de Lyon, adressa, au nom du Conseil municipal, à M. le maréchal Suchet. En voici la teneur :

« Monsieur le maréchal, la ville de Lyon, reconnaissante du service important que lui a rendu votre Excellence, en préservant ses murs des désordres d'un siége, s'empresse de vous présenter le témoignage de sa profonde gratitude. Vous la trouverez exprimée dans la délibération prise par le Conseil municipal, dans sa séance du 21 courant (juillet 1815), et dont il m'a chargé de vous transmettre l'expédition.

» Vous y verrez, Monsieur le maréchal, combien la ville de Lyon sait apprécier le sacrifice que votre Excellence a fait à sa gloire, pour mettre cette cité à l'abri des fléaux que la guerre entraîne inévitablement à sa suite.

« Il vous appartenait plus qu'à tout autre, de préférer le bonheur du peuple aux trophées militaires. Votre Excellence a cueilli assez de lauriers dans sa glorieuse carrière, pour n'avoir pas désiré en cueillir de nouveaux dans le pays qui l'a vu naître et qui se glorifie d'avoir donné le jour à un guerrier aussi recommandable par ses exploits que par sa grandeur d'âme et son humanité. »

Cette lettre, Messieurs, véritable titre de gloire, nous fait présager que la ville de Lyon, qui a su si bien honorer le maréchal pendant sa vie, voudra rendre à sa mémoire un hommage durable en lui érigeant une statue.

Son buste en marbre, dû à l'habile ciseau d'un membre de l'Académie (M. le comte de Ruolz), orne déjà la galerie des Lyonnais célèbres; mais ce n'est pas seulement dans un Musée, c'est sur une de nos places, aux regards de tous, que doivent briller les traits du duc d'Albuféra.

Honorer les grands hommes dans les lieux qui furent leur berceau, c'est acquitter une dette nationale; c'est faire un acte de haute moralisation, en excitant une noble émulation dans les cœurs. Ce pieux devoir a été rempli envers les lieutenants illustres de Napoléon; aujourd'hui Kléber, Championnet, Drouot, Mortier, Oudinot, Moncey, Desaix, etc., revivent dans le marbre et le bronze. Les villes natales de ces héros leur ont rendu un honneur qu'ils méritaient. Notre grande cité, qui se distingua toujours par son patriotisme et ses sentiments généreux, ne tardera pas à imiter de tels exemples. Elle voudra contempler sur une de ses places publiques les traits de ce Lyonnais, fils de ses œuvres comme Fabert et Vauban, duquel on n'a pas craint de dire qu'il avait égalé Turenne et Condé, écrit comme Xénophon et César, et su administrer comme Sully et Colbert.

L'Académie, Messieurs, considérant qu'elle a pour mission d'honorer tous les genres de mérite et de provoquer les hommages dus aux Lyonnais qui ont rendu des services éminents à leur pays, l'Académie a pensé qu'elle accomplirait un devoir, en réveillant l'attention publique et celle de nos autorités sur la mémoire d'un illustre enfant de la cité.

Tels sont les motifs qui l'ont déterminée, dans sa séance

du 27 juillet 1851, à proposer pour sujet de prix l'éloge de M. le maréchal Suchet, duc d'Albuféra.

Ces lignes étaient écrites depuis longtemps, Messieurs, lorsque le *Moniteur* est venu nous apprendre que nos espérances n'avaient point été vaines, que notre initiative n'avait pas été stérile.

Un décret de S. M. l'Empereur, en date du 31 mai 1853, et sollicité tout récemment par la commission municipale, autorise la ville de Lyon à élever, sur une de ses places publiques, la statue objet de nos vœux.

Nous n'avons donc plus qu'à nous occuper du concours dont le programme a déjà produit un heureux résultat, avant même que vous ayez eu connaissance des mémoires qui ont répondu à votre appel.

Le concours, ouvert immédiatement après la séance du 27 juillet 1851, a dû, suivant le programme, être fermé le 28 février 1853.

L'Académie a reçu, avant le terme de rigueur, huit mémoires, qui ont été l'objet d'une attention sévère et impartiale de la part de votre commission. A la suite de plusieurs réunions consacrées à une discussion approfondie, le classement des huit compositions a été déterminé par des jugements dont voici le résumé :

Trois mémoires portant les numéros d'ordre 2, 3 et 4, nous ont paru fort supérieurs aux cinq autres, sur lesquels nous dirons en peu de mots notre opinion.

Le mémoire n° 1 est écrit en latin. L'auteur explique les motifs qui l'ont décidé à célébrer les louanges du héros dans une langue immuable, qui doit traverser les âges. On voit que cette langue lui est très-familière; il la manie avec facilité et une certaine élégance; mais son style tourmenté, embarrassé par la difficulté de rendre en latin les termes techniques de l'art militaire moderne, tels que bataillons, compagnies, etc., rappelle trop d'ailleurs les formes de la langue latine aux temps de la décadence, et n'est pas assez inspiré par le génie des grands auteurs du siècle d'Auguste.

Ce travail n'est certes pas sans mérite ; mais il manque de développement, pèche par l'insuffisance des faits, et en résumé est faible et incomplet.

Le mémoire n° 5, ayant pour épigraphe : *O vous qui courez avec ardeur dans la carrière de la gloire, âmes guerrières et intrépides.....*, est tracé rapidement. Les faits y sont indiqués plutôt que racontés, et ne sont pas toujours présentés avec l'ordre propre à montrer leur enchaînement.

Cette composition trop abrégée, trop courte, gagnerait à être dégagée de figures oratoires qui la surchargent, et qui ne sont pas toujours d'un goût irréprochable.

Le mémoire n° 6, dont l'épigraphe est : *Vir bonus, militiæ peritus, etc.*, ne s'élève pas à la hauteur du sujet : il est faible et beaucoup trop abrégé. L'affaire de Bédouin y est mentionnée avec l'énergique indignation que devait inspirer la conduite féroce de Maignet. L'auteur absout de toute responsabilité le jeune chef de bataillon, qui ne pouvait se soustraire à la loi rigoureuse et terrible de la discipline militaire.

Dans le mémoire n° 7, ayant pour épigraphe : *L'épée maniée par un bras intrépide et loyal, est un sceptre...*, la suite des événements militaires est clairement exposée ; mais l'ouvrage est froid, sec, trop écourté et faiblement écrit.

Le mémoire n° 8, portant épigraphe : *Sauveur du beau pays qu'il avait combattu...*, est en général fort oratoire, plein de mouvement et d'animation ; mais en voulant s'élever au ton de l'éloge, l'auteur se laisse trop entraîner à la déclamation : il raconte avec vivacité et porte souvent des jugements hardis et justes. C'est ainsi qu'en peu de mots, il trace le parallèle de Joubert et de Suchet. Le tableau de la chute de l'Empereur en 1814, et de la situation qui s'en suivit, est d'un bel effet : il représente Suchet n'ayant en vue que la gloire de son pays, l'amour de ses soldats, et toujours guidé par les sentiments les plus purs. On sait gré à l'auteur d'avoir saisi l'occasion de la campagne de Suchet en 1815, pour rappeler un épisode mémorable de la vie du maréchal duc d'Isly, qui alors était colonel du 14ᵉ régiment de ligne. Vous savez, Messieurs, qu'à l'affaire de l'Hôpital-sous-Conflans, en Savoie, avec, 1,700 hommes et 40 chevaux, le colonel Bugeaud culbuta 7 à 8,000 hommes de l'infanterie autrichienne que soutenaient 500 chevaux et 6 pièces de canon. Il fit éprouver à l'ennemi une perte de 2,000 morts, lui enleva 400 hommes, et resta maître du champ de bataille. L'auteur raconte ce beau fait d'armes, mais avec des inexactitudes qu'il faut sans doute attribuer à une erreur de copiste.

En présence de l'incendie du bourg de Bédouin, l'auteur s'indigne et s'écrie : « Je tairai ton nom, toi qui dus exécuter « cet ordre impie ! Ta grande âme se révolta, ton cœur géné- « reux se brisa sans doute, à la vue et aux cris déchirants de « tant d'infortunés. Oh ! si tu n'avais eu, comme Turenne, « qu'à désobéir à ton roi, cet autre Palatinat eût été épargné ! « Mais l'échafaud était debout : hésiter une seconde, hasarder « une larme, c'était livrer au bourreau ta tête et celles de tes « malheureux compagnons d'armes, sans sauver pour cela « les victimes. Je tairai ton nom, la postérité doit t'absoudre « avec moi... »

Ce mémoire, entaché de quelques erreurs de date qu'on doit attribuer, nous le répétons, à une distraction de l'auteur ou du copiste, manque d'ailleurs de détails suffisants, et en somme, a paru incomplet.

Restent donc les trois mémoires nᵒˢ 2, 3 et 4, dont la supériorité a été unanimement constatée.

Le mémoire nᵒ 3, qui a pour épigraphe : *Finis vitœ ejus, nobis luctuosus, patriæ tristis, extraneis etiam, ignotisque non sine curâ fuit* (Tacite... *in Agricolâ*), ne manque ni de rapidité dans les récits, ni de noblesse dans le style; il débute avec élévation et marche avec régularité. Un éloge, dit l'auteur, n'est pas une biographie. Cela est vrai; mais l'éloge ne peut dignement célébrer le héros, qu'en l'appuyant sur les éléments de sa grandeur, qu'en l'entourant des faits et des actions d'éclat qui lui sont propres. C'est là ce qu'il faut exposer avec soin.

Or, l'auteur n'a pas puisé assez largement à la source des documents historiques; il n'entre pas assez avant dans l'examen des faits militaires et administratifs; il a éludé les questions relatives au siége de Lyon et à l'incendie de Bédouin. Ses opinions sont parfois hasardées ou trop absolues. Cependant il apprécie dignement le duc d'Albuféra. Vous pourrez en juger.

Six mois après la bataille de Marengo, les hostilités avaient recommencé. Une nouvelle victoire, aussi décisive qu'éclatante, fut le prix des heureuses inspirations et de l'énergique initiative de Suchet. Ecoutons l'auteur :

« Après un armistice de six mois, pendant lesquels Suchet occupa Gênes, Luques et leur territoire, la campagne se rouvrit en 1800. Il commandait le centre de l'armée, composé des divisions Gazan et Loyson. Le général Dupont, commandant la droite, s'engage trop avant au passage du Mincio, et attire ainsi sur sa brigade 30,000 Autrichiens, sous les ordres du comte de Bellegarde. Suchet, dont le poste de bataille était sur les hauteurs de Molino della Volta, entend une vive fusillade qui lui révèle le grave péril de son compagnon d'armes. Il se hâte de faire prévenir le général en chef Brune, qu'il est urgent de le secourir; mais le danger croissant à chaque instant, Dupont allait être écrasé et jeté dans le Mincio. Suchet ne peut voir des Français accablés sous le nombre et rester inactif. Sans attendre la réponse de Brune, et malgré l'ordre qu'il vient de recevoir de se porter rapidement à Mozzembano, il vole avec la division Gazan au secours de Dupont. Celui-ci se voyant ainsi soutenu, prend l'offensive. Suchet combat comme un simple soldat, tantôt l'épée, tantôt le fusil à la main. Les Autrichiens sont repoussés après un combat sanglant. A neuf heures du soir, on se battait encore au clair de lune et par un froid rigoureux. Enfin, nous restons maîtres de la rive gauche du Mincio. Les Autrichiens fuient, laissant six mille morts ou blessés sur le champ de bataille. Sans l'arrivée de Suchet, notre aile droite était écrasée.

« Voilà un des traits qui peignent le mieux le beau caractère de Suchet. Il n'est pas sans exemple d'avoir vu des généraux abriter leur inaction, dans des circonstances semblables, derrière les lois infranchissables de la discipline. Au point de vue de l'honneur militaire, ils peuvent être irréprochables; mais gardons nos sympathies pour ceux que le cœur entraîne. Je dis, avec le noble Schiller : que le cœur seul fait l'humanité dans l'homme, et que le plus bel attribut de l'homme est l'humanité. Quatre mille prisonniers furent le prix de cette victoire plus honorable encore pour l'homme que pour le soldat. Quelques jours après, la paix de Lunéville fut signée... »

L'auteur raconte la mort du duc d'Albuféra :

« En quelques jours, il passa d'une convalescence probable à une agonie sans espoir. Au milieu de sa famille et de ses amis, il comprit le premier qu'il fallait mourir, et il s'y résigna avec une fermeté toute virile. La Rochefoucauld a dit quelque part : le soleil ni la mort ne se peuvent regarder en face. Sans doute, il n'avait vu mourir ni un soldat, ni un chrétien. Suchet était l'un et l'autre. Il vit s'approcher sa dernière heure, sans trouble, mais non sans regrets. Ses affections privées, ses espérances détruites à un âge où l'on parle encore d'avenir, déchirèrent son cœur sans en arracher un murmure; il s'humilia sous la main qui le frappait; car il avait eu trop de gloire, pour ne pas comprendre son néant dans ce moment suprême.

L'abbé Tempier, vicaire-général de l'évêque de Marseille, accourut auprès de lui. Le maréchal lui ouvrit sa belle âme jusque dans les replis sacrés où reposent la conscience et la foi ; il puisa dans ses pieuses exhortations une confiance toute chrétienne pour régler son compte avec Dieu ; puis il abandonna les dernières pulsations de son cœur aux caresses de ses deux filles, de son jeune fils et de leur mère inconsolable. Ainsi mourut Suchet, le 3 janvier 1826, âgé seulement de 56 ans. Sa mort fut celle d'un sage, comme sa vie fut celle d'un héros. Ses restes reposèrent quelques jours au château de Saint-Joseph, sur les bords de cette mer qui baigne l'Espagne où s'illustra son nom, et sans doute, ses rivages reconnaissants envoyèrent sur son cercueil leur brise toute parfumée d'amour et de regrets. . .

« . . . Le jour où la mort de Suchet fut connue à Sarragosse, fut un jour de tristesse générale : douze ans écoulés depuis son départ n'avaient pu faire oublier ses bienfaits et ses vertus. L'élite de la population fit célébrer un service funèbre pour le repos de son âme. Les magistrats de la ville y assistèrent en habit de deuil ; et le peuple, qui se souvient longtemps de ceux qui l'ont aimé, s'associa spontanément à cet élan de reconnaissance. La douleur était peinte sur tous les visages, il y avait des larmes dans tous les yeux. On eût dit que l'Aragon et la Catalogne avaient perdu un de leurs fils les plus illustres... Il faut remonter à Du Guesclin, pour trouver dans l'histoire un cercueil aussi glorieux, ainsi honoré des ennemis.

« A côté des puissantes facultés qui font les héros, le grand citoyen ou l'homme d'état, il y a dans un ordre inférieur les douces et paisibles vertus de l'homme privé. Suchet en était éminemment doué. Son cœur sensible et plein de bienveillance rendait agréables et faciles tous les rapports de la vie : il était modeste et désintéressé. Il mourut sans fortune, après avoir eu, pendant plus de cinq ans, la direction suprême des trésors de trois provinces. Il fut conseiller fidèle et délicat; l'amitié le trouva toujours dévoué, l'injustice toujours hostile, et le malheur toujours compatissant... »

Dans ce mémoire, les paroles généreuses du maréchal sur le duc d'Angoulême, la lettre si honorable que M. le comte de Fargues, maire de Lyon, adressa, au nom de ses concitoyens, à l'illustre enfant de la cité, sont rappelées avec bonheur. Les vertus du héros, sa grande renommée si justement acquise, lui méritent l'honneur d'une statue, tel est le vœu qu'exprime l'auteur. Nous avons la ferme confiance que ce vœu ne sera pas sans écho dans les cœurs lyonnais.

Le mémoire n° 4, ayant pour épigraphe ce mot de Montaigne : *Ez vies des héros du temps passé, il y a quelquefois des traits miraculeux et qui semblent de bien loing surpasser les forces naturelles*, est une composition remplie de faits puisés dans la vie intime et fournis par les documents historiques. On voit que l'auteur a été renseigné avec exactitude. Il aborde la question relative à l'exécution de Bédouin, et dans une page chaleureuse, il fait un parallèle de Turenne et de Suchet, en démontrant que le premier acceptait bénévolement des ordres rigoureux, auxquels le second était dans l'impossibilité de se soustraire.

L'auteur nous montre dans le maréchal le grand capitaine, l'administrateur consommé et l'écrivain remarquable. Il nous fait aimer cet homme toujours juste, bon, compatissant, religieux, dont le caractère et l'énergie furent toujours assez puissants pour dominer les situations les plus graves et les plus désespérées.

Cet ouvrage, composé sur un bon plan, est divisé en deux parties, dont l'une comprend les faits de la vie militaire, et l'autre les nobles qualités du cœur et le grand caractère du maréchal. La première offre de beaux récits, notamment celui des campagnes de Valence, et un excellent tableau de l'administration organisée par Suchet. La seconde est animée de traits et d'anecdotes qui mettent à nu la belle âme de l'illustre guerrier et qui font admirer ses habitudes et sa vie privée; nous en extrairons quelques passages :

« La justice, la sévérité de son administration tempérée par la douceur de son caractère, la supériorité de son jugement, la variété de ses connaissances acquises dans des études continuelles, l'avaient rendu aussi propre à régir un état qu'à commander une armée. Dans les intervalles de repos laissés par les opérations militaires, Suchet continuait à se livrer à l'étude des siéges et de la stratégie. Il lisait la tactique de Folard, les mémoires de Vauban, et ceux du maréchal de Saxe ; consultait les documents historiques qu'il pouvait se procurer sur l'Espagne, comme ceux du maréchal de Berwick, du grand Condé, et se délassait par la lecture de *la Jérusalem délivrée*, dont un exemplaire ne le quittait jamais. Il visitait les champs de bataille, et rédigeait des rapports dans lesquels ses qualités militaires étaient encore rehaussées par la candeur et la modestie la plus rare. Après avoir lu ces rapports, on doute, comme cela a été dit de Catinat, de sa participation aux affaires consignées dans ses bulletins officiels. Sa correspondance ne tendait qu'à faire ressortir le mérite de ses compagnons d'armes. Son ambition était satisfaite dès qu'il se trouvait en état d'agir et de servir son pays. Aucun général n'inspira plus à ses soldats cet amour pur et désintéressé de la patrie, qui apprend à supporter les privations et les souffrances...

«.... Il savait allier la bravoure du maréchal de Saxe au désintéressement de Turenne et à la modestie de Catinat. Il était l'un des soldats chevaleresques de l'époque impériale, l'une des figures les plus grandes, les plus héroïques, parmi les compagnons du nouvel Alexandre. Aussi, Napoléon ne le séparait-il point dans son esprit, des noms glorieux dans les fastes de la France...

« Lorsqu'il le revit après huit années de séparation, il a dit, en allant à sa rencontre, et en lui tendant la main : Maréchal Suchet, vous avez beaucoup grandi depuis que nous nous sommes vus ! Soyez le bienvenu ; vous apportez la gloire, vous apportez tout ce que les héros donnent à leurs contemporains sur la terre ! Je ne vous parle point de l'avenir, c'est votre propriété...

«.... Et lorsque Napoléon semblait déjà être hors du siècle, comme dans un monde nouveau d'où il considérait la France et l'Europe, et où il aimait à s'entretenir des hommes et des choses de son temps, O'Méara lui demandant quel était le plus habile général français? — Cela est difficile à dire, répondit l'Empereur, mais il me semble que c'est Suchet. Car dans les dernières années, je ne pouvais plus compter Masséna dans le service actif, il pouvait être regardé comme mort.... Suchet, Clauzel, Gérard, Lamarque, sont, à mon avis, les meilleurs généraux français... Davout et Soult eurent aussi leur part de louanges...

« Les deux volumes de commentaires du maréchal Suchet, véritable trésor de sagesse, de génie éminent, de force et de valeur de style, renferment les notes épiques du poème de la plus glorieuse partie de sa vie ; comparables à ceux de César, par l'ampleur du récit ; aux écrits de Tacite, par la sûreté du sens politique et l'idée civilisatrice... »

L'auteur en cite des pages intéressantes. Nous nous bornerons à cet extrait :

« Quand on s'élève sur le sommet de quelqu'une des nombreuses montagnes qui traversent l'Espagne, on n'aperçoit, sous un ciel presque toujours ardent, que des plateaux incultes et des pentes nues, dont rien de vivant ne coupe l'uniformité. Seulement, au fond des vallées, une rivière ou un ruisseau serpente au loin, entouré d'une lisière de verdure, où l'on suit, comme à la trace, les moissons, les plantations et les habitations des hommes. Une carte enluminée, présentant la forme de tous les bassins, les eaux avec une teinte verte plus ou moins large, serait un tableau fidèle où l'on pourrait reconnaître l'état réel de ce territoire, qui, à peu près égal en surface à celui de la France, ne contient cependant et ne nourrit qu'une population à peine égale au tiers de la nôtre. On embrasserait d'un coup d'œil, comme par l'anatomie, les veines et les artères de ce grand corps qui manque d'embonpoint, mais qui a encore des nerfs et des muscles, si l'on ose employer une telle comparaison, et dont la structure présente une charpente taillée pour la grandeur et la force. »

Dans ce mémoire, les derniers moments du maréchal sont racontés d'une manière circonstanciée; c'est une relation empreinte de sensibilité.

Toutefois la marche générale de cette composition est un peu pesante; on pourrait aisément retrancher ce qui est relatif à la campagne d'Egypte et à la retraite de Moscou. Suchet n'y était pas. L'histoire du siége de Sagonte par Annibal pouvait être rappelée, mais il ne fallait pas la raconter. Il y a des taches dans le style, des phrases incorrectes, des fautes d'harmonie.

Le début, très-bon au fond, est embrouillé dans la forme. La présence de Suchet au siége de Lyon n'est pas mentionnée. L'événement de Bédouin et la justification de Suchet sont exposés trop longuement.

En somme, ce mémoire, fort intéressant d'ailleurs, et écrit dans des sentiments de religion et d'honneur, n'atteint pas complètement le but académique.

Le mémoire n° 2, avec cette épigraphe : *Ardua, per præceps, gloria vadit iter* (Ovide), *les sentiers escarpés mènent seuls à la gloire*, réunit à une connaissance exacte des faits, une grande élévation de pensée et de langage. Raconter en historien compétent les grandes époques militaires; puis faire ressortir la part que Suchet y a prise, selon les grades par lesquels il est monté, tel est le plan que s'est proposé l'auteur.

Les tableaux des campagnes de 1809 et 1810, en Espagne, sont des modèles de narration concise et animée. Les opérations dans le royaume de Valence, celles de la funeste année 1814, sont tracées par une main qui semblerait avoir manié l'épée, avant de tenir la plume; et la manière vigoureuse et évidente dont est repoussée l'accusation portée contre Suchet, de n'avoir pas effectué sa jonction avec le maréchal Soult, décèle un écrivain bien informé et un cœur généreux.

Voici en quels termes s'exprime l'auteur :

« Le maréchal Soult paraissait avoir en vue de couvrir la route de Limoges. La ligne du maréchal Suchet se trouvait toute tracée par Narbonne et Béziers, au cas où les Anglais, qu'on disait destinés à attaquer le Languedoc et le Roussillon, viendraient à débarquer. Jusque-là, il comptait ne point quitter Figuières et Perpignan.

« Le maréchal Suchet avait écrit, le 31 mars 1814, aux gouverneurs de Tortose et de Barcelonne, de tenter de se faire jour à travers l'armée espagnole; mais il espérait peu qu'ils y parvinssent. Son armée ne présentait plus qu'un effectif de 11,327 combattants, y compris 1,428 hommes à cheval. C'était, il faut l'avouer, une force bien peu imposante pour se garantir contre une attaque qui ne pouvait tarder de la part des Espagnols.

« Dans la nuit du 4 au 5 avril, le maréchal Suchet reçut une lettre du maréchal Soult, datée de Toulouse, le 3 avril. Pour la première fois il lui faisait des ouvertures pour une coopération. Il lui disait : « Je répète que cela est naturellement subordonné à votre situation; et je ne doute pas que si le mouvement vous paraît utile et praticable, vous ne l'entrepreniez aussitôt. »

« Y eût-il eu possibilité matérielle de faire ce que demandait le maréchal Soult, qu'il resterait à savoir si le maréchal Suchet pouvait, sans ordre, quitter la frontière, où il était placé, abandonner ses garnisons et laisser sans défense les Pyrénées Orientales; ce qu'il n'aurait pu faire en tous cas, sans laisser des garnisons dans les places fortes des Pyrénées et du Roussillon.

« Or, bien que le maréchal réduisît ces garnisons à 7,200 hommes, au lieu de 11,350 fixés par le Ministre, l'armée d'Aragon et de Catalogne se serait trouvée amenée à un effectif si restreint, qu'il eût été peu probable qu'une si faible colonne ait pu franchir l'espace qui séparait les deux armées, le mouvement de l'ennemi s'étant prolongé sur l'Arriége.

« Mais au-dessus de toutes ces combinaisons, se trouvent pour repousser le reproche fait au maréchal Suchet, de n'avoir pas opéré sa jonction avec le maréchal Soult, des impossibilités absolues. Les troupes étaient échelonnées depuis Figuières jusqu'à Perpignan. De cette place à Toulouse, il y a plus de 60 lieues. Pouvaient-elles, se mettant en marche le jour même de l'arrivée de la lettre du maréchal Soult, parcourir cet espace avant le 10, jour de la bataille? Non, évidemment.

« On a donc induit l'opinion publique dans la plus complète erreur, en émettant une aussi fausse inculpation.

« Si le maréchal Suchet a eu le privilége de ne point laisser entamer les frontières là où il était, cela a été sans refuser à son collègue la gloire d'en faire autant; et d'ailleurs le maréchal Soult ne l'appelait point à Toulouse; il ne lui demandait que d'envoyer un renfort au général Lafitte dans l'Arriége; il ne lui fit de proposition formelle de réunion, qu'après l'affaire de Toulouse, en le prévenant de sa retraite sur Castelnaudary et Carcassonne.

« Le 12 avril, le maréchal Suchet lui répondit que, suivant son désir, il allait presser son mouvement sur Narbonne. En effet, il donna à ses troupes cette direction, et c'est dans cette ville, où il arriva le 13, qu'il reçut communication des événements de Paris.

« Le caractère du maréchal Suchet devait le mettre à l'abri des imputations malveillantes de quelques écrivains; et si, de toutes les actions de sa vie, c'est la seule où l'envie eût cru pouvoir porter atteinte à ses nobles sentiments, ç'a été pour nous qui écrivons sur des matériaux officiels, un motif de le venger hautement de perfides insinuations...

« L'armistice conclu à Paris, s'étendit, le 19 avril, aux armées d'Espagne. Le rôle guerrier du maréchal Suchet se terminait donc, comme nous l'avons dit, sans aucune de ces défaites personnelles qui dominent le sort des armées; sa retraite honorable ne fut que la conséquence fatale d'événements qu'il déplora, mais qu'il ne tint pas à ses efforts de conjurer. »

« Le maréchal vit revenir au mois de juin les garnisons qu'il avait tant regretté d'abandonner; chacune apportait sinon de nouveaux trophées, du moins une part d'actions glorieuses à ajouter à toutes celles qui ont illustré l'armée d'Aragon et de Catalogne. Après tous ces événements, l'armée du midi est mise, le 22 avril 1814, sous le commandement du maréchal Suchet; le 30 novembre le maréchal est nommé gouverneur de la cinquième division à Strasbourg, où nous le verrons arriver le 9 mars 1815 et d'où nous le suivrons au milieu des péripéties palpitantes du dernier acte de sa carrière militaire... ».

Ce passage méritait par le fond même de la question qui y est traitée et résolue si péremptoirement, d'être mis sous vos yeux; et c'est avec regret que nous nous abstenons de plusieurs autres citations; elles justifieraient la préférence donnée à ce travail. L'auteur montre en général, une grande sobriété de style, et fait preuve, en quelques endroits, d'une vivacité et d'une chaleur d'expression toujours contenues dans les limites du goût. Ce n'est donc pas sans surprise, qu'on découvre çà et là des tournures de phrase et des locutions que l'auteur ne manquera pas de faire disparaître. Il pourrait aussi supprimer un long passage de Thucydide, qui est un hors d'œuvre, ou plutôt le reléguer dans une note. Quelques faits importants, le combat de Neumarktl par exemple, sont omis. C'est sans doute par erreur du copiste que le nom Saalfeld, si glorieux pour Suchet, n'est pas lié à la date du combat livré le 11 octobre 1806 et dans lequel le prince Louis de Prusse perdit la vie. Le rôle éminent et décisif que remplit Suchet dans plusieurs circonstances critiques, notamment sur le Mincio, n'est pas toujours expliqué et mis en relief d'une manière suffisante.

Malgré les légères incorrections qui viennent d'être relevées, cette composition est celle qui peint le mieux le guerrier intrépide et habile, l'administrateur éclairé et humain, la grande âme enfin et le cœur sensible du maréchal Suchet. Les mémoires écrits par le duc d'Albuféra y sont appréciés à leur haute valeur, et le tableau des systèmes administratif et financier qui ont tant honoré le maréchal, y est admirablement présenté.

L'auteur exprime le regret de n'avoir pas reçu sur les détails de la vie intime du maréchal, tous les renseignements qu'il cherchait à se procurer. Cependant il nous le fait bien connaître :

« Nous l'avons vu, dit-il, parvenir en moins de vingt ans, du rang de simple soldat, comme engagé volontaire au mois de mars 1792, à la dignité de maréchal de France, de colonel général de la garde impériale et de duc. »

« C'est une grandeur d'autant plus à admirer que les exploits qui l'ont produite, dont la dixième partie suffirait en temps ordinaire, pour monter au faîte des honneurs promis par la carrière des armes, ont eté marqués par l'éclat d'un courage sans égal, par les sentiments généreux, que les âmes bien nées n'oublient pas au milieu des combats, par la modération dans la victoire, par une impartiale justice envers les compagnons et les auxiliaires de ses succès.

« Pour tous ceux qui l'ont approché, le maréchal était le type de la douceur, de la bonté, des encouragements, de l'excitation au bien ; et le chef d'une troupe vaillante devint en même temps, son idole et l'exemple que tous se proposaient pour modèle.

« A l'école si instructive d'une guerre de siéges, de combats, de batailles, de conquêtes, combien de grands hommes, dont la deuxième génération des guerriers de l'empire s'honore à bon droit, se sont formés, comme le maréchal l'espérait, en mettant en évidence leur courage et leurs talents !

« C'est d'elle en effet que sont sortis les maréchaux Valée, Bugeaud, Reille et Harlspe ; les généraux Préval, Rogniat, Lamarque, St-Cyr-Nugues, Ricard, Habert, Delort, Colbert et tant d'autres. Le maréchal Suchet ne brille donc pas seulement par l'éclat qu'il a jeté sur la France, mais aussi par celui dont il a été l'origine... Le maréchal Suchet possédait toutes les connaissances et les talents qui complètent le général habile... »

Les qualités qui distinguent particulièrement ce beau travail, sont la précision et la clarté, la vigueur et l'élévation. L'auteur, toujours maître de son sujet, qu'il domine dans toutes ses parties, démontre par les dates, que Suchet quitta l'armée d'investissement de Lyon en 1793, avant la fin du siége ; il fait allusion en quelques lignes à l'événement de Bédouin et motive toujours les hommages qu'il rend au glorieux nom de Suchet.

Ce mémoire mérite d'être placé au premier rang et nous paraît digne d'obtenir le prix.

Tel est le jugement prononcé à l'unanimité par votre commission.

Elle vous propose en outre, et après mûr examen, d'accorder au mémoire n° 4, une mention très-honorable, et la médaille de l'Académie; et au mémoire n° 3, une mention honorable.

Après la lecture de ce rapport, M. le président proclame le nom de M. Hippolyte Barault-Roullon, sous-intendant militaire en retraite à Paris, auteur du mémoire n° 2, qui a remporté le prix.

Il proclame ensuite le nom de M. Bolo, notaire à Limonest, auteur du mémoire n° 4, auquel est décernée la mention très-honorable.

M. le président invite l'auteur, présent à la séance, à s'approcher du bureau, et lui remet, au milieu des applaudissements de l'assemblée, la médaille de l'Académie, en lui exprimant le regret de n'avoir pas deux prix à donner.

L'auteur du mémoire n° 3, auquel est accordée une mention honorable, ne s'est pas fait connaître.

CONCOURS

POUR LE PRIX

DÉCERNÉ A LA MEILLEURE COMPOSITION EN VERS FRANÇAIS

SUR

JOSEPH MARIE JACQUARD,

Mécanicien Lyonnais.

RAPPORT

de la Commission composée de

MM. SAUZET, président, de MONTHEROT, EICHHOFF, de BOISSIEU et VICTOR de LAPRADE, Commission à laquelle s'est adjoint M. FRAISSE, secrétaire-général de la classe des Lettres ;

Lu en séance publique, le 21 juin 1853,

PAR

M. VICTOR de LAPRADE,

RAPPORTEUR.

Messieurs,

La pensée d'appeler la poésie à honorer la mémoire de Jacquard, appartient à l'un de vos plus chers associés dont vous déplorez la mort récente, et qui s'est distingué à la fois par ses propres travaux et par de généreux encouragements offerts aux lettres, aux sciences et à l'industrie. La médaille d'or de mille francs que vous avez à décerner à l'auteur de la meilleure composition en vers sur l'illustre mécanicien lyonnais, est un don de M. Matthieu de Bonafous. Nous ne saurions rendre un plus digne hommage au souvenir de notre éminent confrère, que d'inscrire ici les paroles mêmes par lesquelles il vous a fait connaître ses nobles intentions :

« Le 7 juillet 1852, vous écrivait M. de Bonafous, il y aura un siècle que Lyon a vu naître dans son sein celui de ses enfants qui a le plus contribué au perfectionnement de la plus belle de ses industries. Je veux parler de Jacquard, *homme de bien et de génie*, dont le nom est devenu une des premières gloires de sa ville natale. Déjà une statue a été élevée à sa mémoire, et plusieurs remarquables écrits ont signalé la vie et les travaux de l'immortel ouvrier. Mais la poésie, à son tour, la poésie, dont le langage est plus durable que le bronze, ne doit-elle pas associer solennellement sa voix à celle des orateurs qui ont payé un légitime hommage au mérite de l'illustre Lyonnais? »

Les honneurs d'un éloge en vers et surtout la solennité d'un concours académique, c'est là, en effet, la plus glorieuse consécration que puisse recevoir un nom illustre. Avant notre siècle, l'héroïsme, la sainteté, le génie créateur dans l'ordre moral, avaient seuls le privilége d'être ainsi présentés à la vénération publique, par la statuaire et par la poésie.

Vous n'avez pas cessé de croire, Messieurs, que les noms les plus dignes d'honneur sont ceux des hommes dont le mérite a éclaté dans la pratique de la vertu, des sciences morales et du dévouement. Vous savez que les grands bienfaiteurs de l'humanité sont, avant tout, ceux qui lui ont révélé un idéal plus complet dans le bien et dans le beau, ceux qui ont éclairé d'une lumière plus pure les régions du monde moral. Ceux-là restent les véritables créateurs de la civilisation, qui ont appris à l'homme quelque chose d'ignoré sur notre âme et sur Dieu, ceux, en un mot, dont on peut dire qu'ils ont été les inventeurs d'une beauté, d'une vertu nouvelle.

Notre génération a imaginé le titre d'hommes utiles, de connaissances utiles, pour les hommes dont l'esprit se dirige vers les améliorations matérielles, pour les connaissances dont le résultat immédiat est l'accroissement de la richesse et du bien-être. C'est là, Messieurs, un abus de mot, ou une déviation du sens moral qui n'attribuerait, ainsi, de valeur réelle, qu'aux choses qui peuvent satisfaire les besoins du corps ou flatter ses voluptés. Appliquer, avec affectation et par système, le nom d'hommes utiles à ceux qui se sont signalés dans l'ordre mécanique et dans l'économie industrielle, c'est exclure de cette glorieuse appellation les philosophes et les poètes, les héros et les saints. A ce compte, Corneille et Bossuet, Bayard et saint Vincent-de-Paul, furent des hommes inutiles, car ils n'ont pas légué au monde un seul outil nouveau, un seul procédé pour le perfectionnement du vivre et du couvert, ces deux utilités premières de la vie humaine : ils n'ont créé que de grandes pensées et de nobles émotions, et n'ont légué à la postérité que des vérités sublimes et de beaux exemples. Ce monstrueux dédain pour ce qui fait la véritable grandeur de l'homme, si nous allions bien au fond des choses, nous le trouverions peut-être caché sous ce culte retentissant qu'a voué notre siècle aux applications industrielles, à ce qu'on appelle le triomphe de l'homme sur la nature. Vous, Messieurs, à qui rien n'est étranger de ce qui peut sainement être appelé utile, vous savez comprendre et admirer, dans toutes les sphères, tout ce qui sert efficacement la société. Mais vous savez aussi mesurer vos sympathies aux divers degrés du génie et de la vertu.

Quand vous avez adopté la pensée de votre confrère M. Matthieu de Bonafous, et consenti à placer une couronne de poésie sur l'image de l'ouvrier célèbre qui a déjà obtenu les honneurs du bronze et de la place publique, ce n'est pas une concession que vous avez faite à de vulgaires engouements. La grandeur des bienfaits dus à l'invention de Jacquard, les éminentes vertus morales du bienfaiteur, justifient assez, dans la ville qui a le plus profité de sa découverte, cet appel fait au sculpteur et au poète en faveur de l'illustre mécanicien. C'est à la fois un mérite de reconnaissance et un signe de prospérité pour la ville de Lyon, d'avoir élevé déjà sur un piédestal le héros de ses fabriques, à une époque qui, malgré la prodigalité du marbre et de l'airain, laisse encore attendre à Bossuet la statue que lui doit sa ville natale.

En sollicitant pour la gloire de Jacquard un monument dressé par la poésie, on vous demandait une consécration plus difficile et plus complète : on n'exige du statuaire qu'une image de l'homme extérieur, une représentation de l'œuvre ou du trait de sa vie par lesquels cet homme se recommande à la postérité. Il est possible à celui qui modèle une effigie de bronze d'ignorer ou d'oublier les détails de la physionomie morale de son héros, qui pourraient en altérer la beauté et contrarier l'admiration. Le poète est obligé de fouiller plus intimement dans la conscience du personnage. Là seulement, il trouve la vraie matière de son œuvre. Pour une renommée douteuse ou mensongère, c'est une dangereuse épreuve que d'être livrée à la poésie : la poésie pourra ce que n'a pas pu la statuaire; elle pourra montrer les difformités morales à côté de la vigueur intellectuelle; chez elle, l'ombre des blâmes ou des restrictions peut se projeter sur les éloges assez vigoureusement pour les effacer, et si l'écrivain omet ces réserves que lui commande le sens moral, il aura fait une œuvre de malhonnête homme, et la médiocrité de son œuvre l'attestera.

Si donc, Messieurs, vous avez ainsi livré la célébrité et les longues années de Jacquard au jugement sévère de la poésie, c'est que vous saviez combien ces années furent nobles et pures, combien cette renommée est légitime. L'immense valeur industrielle de sa découverte, les énormes richesses que lui doit notre ville, tout cela aurait pu expliquer l'inauguration de son image dans notre cité à ceux qui ne connaissent de lui que le métier, instrument de leur opulence. Pour vous décider à décerner un hommage littéraire à l'inventeur de cet instrument d'une industrie de luxe, les considérations *utilitaires* n'auraient pas suffi. La création de Jacquard fut quelque chose de mieux encore qu'un moyen plus actif de production industrielle : ce fut un bienfait moral; elle est née d'un pieux sentiment dans l'âme religieuse de l'inventeur. Ce cœur rempli d'une charitable commisération pour les souffrances des ouvriers, aspira d'abord à trouver un mode de tissage qui délivrât les artisans de la soierie de ces tortures qui, en entravant le développement normal de leur corps, ne pouvaient laisser intactes leur intelligence et leur moralité. C'est là le but éminemment humain, éminemment religieux, qu'a poursuivi Jacquard. L'Europe entière sait aujourd'hui s'il l'a victorieusement atteint.

Je ne viens pas remettre ici sous vos yeux l'existence pure et vénérable de ce bienfaiteur de nos populations ouvrières, et célébrer le mérite de sa découverte : j'ai hâte de laisser la parole à la poésie que vous avez chargée d'élever ce sujet à la hauteur d'un enseignement. Mais j'ai dû vous rappeler qu'avec l'homme de génie, vous avez surtout prétendu couronner l'homme de bien. L'antiquité rendit les honneurs divins aux inventeurs des premiers instruments de travail; elles entoura d'un culte religieux les découvertes dans l'industrie et dans les arts, parce que ces découvertes avaient chez elle un principe et un but religieux. Par son amour des hommes, par sa piété, par son immense désintéressement, par la naïveté de son génie, par ce mépris si rare de la gloire et des richesses, la simple et douce figure de notre Jacquard se rattache à cette antique famille des inventeurs primitifs, dont les peuples confondaient la main avec celle de la divinité. Jacquard, cause première de tant d'opulence, voulut rester pauvre; créateur de tant d'activité industrielle, il dédaigna de tremper lui-même dans les entreprises : il livra son métier au monde, comme un sage lui livre sa parole, et demeura ce que Dieu l'avait fait, non pas un industriel et un homme d'action, mais un penseur, un artiste, un homme de rêverie et de charité.

Ce n'est pas sous des traits semblables que nous apparaissent aujourd'hui les inventeurs et les inventions : dès qu'une idée, souvent problématique, a pris assez de consistance pour faire illusion à son auteur, ou du moins à la foule, sur la fécondité de ses applications, le monopole des bénéfices est déjà organisé, un chiffre hyperbolique capitalise la valeur de la découverte, les actions se répandent sur l'aile de la réclame, et quand la science et la raison interviennent, il se trouve souvent que l'inventeur n'a rien inventé, que le créateur n'a rien créé de nouveau, si ce n'est sa propre fortune.

Notre vénération pour le génie et pour le caractère de Jacquard s'accroît tous les jours devant ces viles manœuvres de l'industrialisme. L'auteur de cette magnifique découverte, qui a enrichi déjà plusieurs générations, acceptant la plus humble médiocrité, tandis que la France, toute l'Europe, tirent des fruits merveilleux de son œuvre; le patient et laborieux inventeur s'étudiant à divulguer le magique secret qu'il a si longtemps couvé dans ses veilles, subissant le dédain et la persécution avec un sourire de charité sur les lèvres, et, comme un sage de Plutarque ou pour mieux dire comme un chrétien, vieillissant avec sérénité et sans murmure au milieu de l'oubli, je dirai presque de l'ingratitude de sa ville natale, c'est là, Messieurs, bien autre chose, et chose bien plus rare qu'un inventeur, qu'un mécanicien de génie; c'est un grand caractère, c'est une haute vertu, c'est un de ces hommes, enfin, dont l'effigie morale peut être placée sur le piédestal de la poésie et proposée en exemple, surtout à un siècle comme le nôtre.

Vous l'avez ainsi compris, Messieurs, et c'est la pensée qui vous a dirigés, quand vous avez décidé qu'un concours était ouvert devant vous pour la médaille d'or de 1000 fr. offerte par M. Matthieu de Bonafous, à la meilleure composition en vers sur Joseph-Marie Jacquard.

Malgré les incontestables difficultés de ce sujet, les poètes, ou du moins des écrivains pleins de bonnes intentions, ont répondu en grand nombre à votre appel. Trente-huit compositions vous ont été adressées. C'est là un chiffre qui se produit rarement dans un concours académique; trois mémoires seulement avaient concouru pour l'éloge en prose de Châteaubriand. Est-ce à l'attrait du sujet ou à la multiplicité des poètes qu'il faut attribuer une pareille abondance? La question mériterait d'être étudiée, si ce grand nombre de vers n'attestait pas un peu la stérile abondance que signale Boileau. La vérité littéraire, si souvent repoussée des colonnes du feuilleton, doit trouver au moins un asile dans les rapports académiques. Aussi vous ne serez pas assez indulgents pour féliciter Lyon et la France du grand nombre de leurs poètes devant ce chiffre de trente-huit concurrents, quoique vous ayez grandement à féliciter la poésie de l'œuvre que ce concours vous offre à couronner. Il y a sans doute des traces de talent, d'heureuses pensées, de la facilité de style dans plusieurs de ces écrits; quelques-uns même ont paru à votre commission dignes d'être mentionnés honorablement à divers degrés. Cependant si la pièce éminente qui a emporté tous vos suffrages avait manqué dans cette mêlée, le prix du tournoi serait encore à conquérir.

Mais, comme dans le domaine de la poésie, le pays du monde le moins démocratique, les voix doivent être pesées et non pas comptées, il suffit d'une seule tête sacrée par le droit divin du talent pour constituer une royauté et pour porter légitimement la couronne : qu'il y ait eu dans un concours poétique trente-huit concurrents ou un seul, peu importe à l'éclat réel de ce concours; sa splendeur est tout entière dans la pièce couronnée.

A ce titre, Messieurs, vous pouvez êtes fiers de la lutte poétique dont vous allez proclamer le vainqueur. En remontant nos annales académiques aussi loin que notre mémoire nous le permet, nous ne trouvons rien qui en approche; et s'il nous est permis de le dire dans tout notre respect pour le plus illustre de nos aréopages littéraires, l'Académie Française elle-même a été rarement appelée à juger des œuvres de poésie comparables à celle que vous récompensez aujourd'hui.

Il n'y a pas eu dans votre commission un moment d'hésitation au sujet de cette pièce; en lisant cette œuvre hors ligne, vous éprouverez dans votre conscience de juges, une sécurité aussi complète que votre satisfaction d'hommes de goût.

Votre commission a distingué trois mémoires qui, sans avoir approché du prix, semblent mériter une mention particulière.

Ce sont :

Le mémoire inscrit sous le n° d'ordre 19, et qui porte ces épigraphes :

> In memoriâ æternâ erit justus. (PSALM. III.)
> Dignum laude verum musa vetat mori. (HOR.)

Le n° 9, désigné par ces deux vers :

> Os homini sublime dedit, cœlumque tueri
> Jussit et erectos ad sidera tollere vultus. (OVID. METAM. I.)

Enfin, pour une mention très-honorable, le n° 24, avec cette inscription :

Les hommes de génie peuvent être considérés comme les enfants gâtés de la douleur. Ils éprouvent, il est vrai, de si précieuses choses dans le cœur de ce monde, ils prennent part à de telles joies, qu'ils n'appartiendraient plus à l'humanité, si la douleur ne leur réservait ses fruits les plus précieux. La couronne de laurier est un signe de douleur. (Blanc-St-Bonnet. *De la Douleur*, chap. IV.)

Le n° 19, est une biographie de Jacquard, très-exacte et très-détaillée, qui atteste chez son auteur plus de travail et de patience que de sentiment poétique et d'habitude de la langue des vers. Une certaine correction de style, l'absence de tout ce qui peut choquer le goût, l'irréprochable moralité des pensées ont engagé votre commission à mentionner honorablement ce mémoire.

Le n° 9 est sans contredit d'un esprit plus poétique, par les idées et par le style; on y remarque un certain mouvement lyrique, une inspiration plus élevée. La forme et le langage y sont plus imprégnés de poésie. Mais la facilité que décèle cet écrit, sent un peu trop l'improvisation et l'inexpérience; un peu d'enflure dans les termes y recouvre parfois quelque vague dans la pensée; la phrase poétique y manque souvent de rhythme; la mélodie et l'euphonie y sont trop souvent sacrifiées. Malgré ses défectuosités, ce mémoire, bien supérieur au n° 19, semble d'un poète capable de mieux faire, avec un peu plus de réflexion, d'étude et de travail.

Votre commission a hésité entre cette œuvre et celle qui porte le n° 24 pour la mention très-honorable qu'elle a cru devoir décerner à cause de l'importance du concours et des louables efforts des concurrents qui ont le plus approché du but. Elle s'est décidée en faveur du n° 24, composition très-étendue de même que le n° 19.

La longueur de ces deux écrits peut les rendre intéressants comme documents biographiques, mais cette masse de détails nuit à l'ensemble de la composition. Pour qu'elle n'entraînât pas un fréquent prosaïsme dans le style, il aurait fallu une série de ces tours de force dans l'expression, que les esprits les plus exercés peuvent bien soutenir pendant quelques vers, mais qui, prolongés au-delà, deviennent aussi pénibles pour le lecteur que pour l'écrivain.

Or, si le mémoire n° 24 brille par plus de coloris, de fraîcheur, de poésie enfin que le n° 19, il semble encore plus que le n° 9 être le fruit d'une improvisation trop facile et trop rapide pour produire une œuvre sagement ordonnée, et dont le style présentât les qualités nécessaires au vrai style poétique. Une œuvre de mille à douze cents vers, comme celle-ci, suppose un plan raisonné, un cadre, un intérêt d'action que l'on ne cherche pas au même degré dans une pièce lyrique de quelques strophes; pour ne pas engendrer l'ennui, elle a besoin d'élaguer certains détails au lieu de les accumuler. Un éloge de Jacquard comportait, nous le savons, quelques-unes de ces peintures techniques qui mettent à la torture les versificateurs les plus ingénieux. C'était là une raison de faire disparaître avec plus de soin de ces tableaux les caractères de l'improvisation. Le style lâche et souvent prosaïque, qu'entraîne avec elle la rapidité du travail, est racheté dans le n° 24, par un peu plus de coloris et de sentiment que nous n'en trouvons dans celui des autres pièces dont les auteurs ont cru devoir prendre comme celui-ci la forme biographique. Cette idée dispensait, il est vrai, l'écrivain des efforts d'imagination nécessaires pour trouver un plan et un cadre original, mais elle n'en est pas moins malencontreuse ; elle exposait un poète trop prompt à se contenter en matière de style, à laisser passer des vers comme ceux-ci :

> **Relieur fut d'abord sa première industrie,**
> **Et plus tard, il devint fondeur d'imprimerie.**

Le souci de l'exactitude biographique a fait tomber souvent

l'auteur du n° 24 dans ces régions de la prose rimée, d'où s'échappe trop rarement le n° 19. Nous y trouvons cependant des passages qui attestent un véritable sentiment poétique tel que celui-ci.

Oh! qui peindra jamais cet orageux mystère
De votre enfance, ô vous, dont le cœur solitaire
Couve, sans le savoir, un génie inspiré!
Qui nous dira jamais le délire sacré
Qui devait vous saisir, prédestinés sublimes,
Quand, pour vous l'idéal effaçant ses abîmes
Vous ouvrait, avant l'âge, en leur immensité
Les champs de l'immuable et de la vérité!
Dans ton âme, dis moi quelle voix matinale
Chantait, Blaise Pascal, quelle force fatale
Te poussait, quand ta main, dans une vision,
Ebauchait à douze ans une création,
Et que, divinateur, sans secours et sans aide,
Tu retrouvais les lois du grand art d'Archimède?
Et toi, vieux Giotto! quel ange t'inspirait
Quand, pâtre adolescent, ton charbon crayonnait
Les troupeaux, le beau ciel et les champs de Toscan
Et que Cimabuë, passant vers ta cabane
T'admirait et disait, te prenant par la main:
Enfant, viens avec moi, tu seras grand demain?

Il n'était pas d'ailleurs besoin d'un sentiment poétique bien raffiné pour comprendre qu'une biographie de Jacquard en vers n'était pas plus dans les conditions de la poésie que dans les termes du concours. Si le promoteur de ce concours et l'Académie qui en a formulé le programme, avaient eu l'intention de décerner un prix à la meilleure notice historique sur Jacquard, ils n'auraient pas demandé une composition en vers. Les notices biographiques existent; l'Académie les avait depuis longtemps provoquées; elle en a couronné une du plus haut intérêt. Ce n'est plus aujourd'hui l'histoire, c'est la poésie qui est appelée à rendre son hommage à la mémoire de l'illustre mécanicien; elle devait le faire dans les conditions de généralité qui lui sont propres, et sans trop se préoccuper des détails personnels qui intéressent le biographe, et des détails techniques qui regardent l'ouvrier ou le savant. Nous avons dû vous présenter cette observation, parce qu'un grand nombre des concurrents a été assez mal inspiré pour entreprendre de rimer ainsi longuement la vie de Jacquard et la description de son métier. La peinture de ce métier, le portrait de Jacquard, tout cela devait se trouver dans l'œuvre que vous demandiez, mais non pas à l'état de procès-verbal et d'inventaire. La poésie peut tout décrire, elle peut tout dire, à la condition d'employer sa langue à elle; et peu d'écrivains possèdent cette langue, même parmi ceux qui savent tourner un vers avec une apparente habileté.

Dans ce concours pour un éloge poétique, vous deviez donc rechercher avant tout la poésie, la poésie dans la pensée et dans le style. Célébrer l'invention de Jacquard dans ce qu'elle a de particulier et de personnel, c'était dans la nécessité du sujet comme dans les termes du programme : mais il fallait un vrai poète autant qu'un ingénieux écrivain, pour élever tous ces détails à la dignité de la poésie.

Sans doute, la poésie n'est pas absente de l'œuvre n° 24; elle s'y révèle par une certaine fraîcheur de coloris, par le mouvement du style, par la pureté des sentiments. L'amour ardent du bien, les croyances élevées qu'atteste cet écrit, qui, pour manquer d'originalité, n'en présente pas moins des grâces réelles, l'éloquence vive et sincère de plusieurs passages, ont engagé votre commission à vous proposer de décerner à ce mémoire une mention très-honorable.

Mais si, dans les trois pièces mentionnées, votre commission a trouvé beaucoup à louer et surtout beaucoup à espérer, la splendeur réelle de ce concours est dans l'œuvre qu'elle a si unanimement jugée digne de la couronne.

C'est le mémoire inscrit sous le n° 25, et portant cette épigraphe: *Virtute duce, non comite fortuna.*

Pour un aussi sérieux travail, la médaille d'or offerte par la munificence de M. Matthieu de Bonafous, n'est qu'une juste rémunération.

Il est, Messieurs, une poésie fluide qui suit le courant de la plume, et qui entraîne sans choix au hasard de leur venue, les pensées, les images, les tours de phrases. Sous la main heureuse et rapide de ces écrivains trop facilement satisfaits, une composition peut s'étendre sans cadre, sans limites, sans contours arrêtés; non pas comme un torrent ou comme un fleuve, mais comme un étang qui déborde en pays plat. Il se dépense quelquefois du talent dans ces rimes débordées, dont la réflexion, le vrai sentiment de l'art et une raison supérieure, ne règlent pas l'aventureuse prolixité. Mais jamais une œuvre complète et solide n'est sortie de cette facilité trompeuse. Le bonheur d'une expression trouvée, la mélodie banale d'un rhythme qui n'offense jamais l'oreille parce qu'il manque toujours d'accent, tout cela peut faire illusion aux esprits inattentifs, mais aussi leur faire prendre en dédain le charme tout superficiel dont ils se laissent bercer par cette apparente poésie. Cette effervescence de paroles rimées, agréable souvent, n'en résonne pas moins, comme une calomnie perpétuelle contre l'art du véritable poète. C'est à la mesure de ces productions subversives de tout style et de toute pensée sérieuse, que les gens du monde, un peu flattés de cette littérature, et les savants mêmes ont inventé, pour l'appliquer à l'art des vers, cette qualification de *délassement agréable*, qui vient si souvent sur leurs lèvres complimenter de son ironie le labeur d'un écrivain. Si la science avait des instruments pour mesurer l'intensité de l'énergie vitale et l'effort intellectuel, nous saurions combien de journées des plus hautes opérations du laboratoire ou du comptoir sont nécessaires, pour représenter en sueurs du corps et de l'âme, en vitalité consumée, une seule heure des délassements qui ont produit Athalie et le Misanthrope.

Il est sans doute, dans tous les arts, des productions faciles, des esprits heureux et légers qui se laissent diriger par leur plume ou leur pinceau, et qui obéissent aux exigences de la forme, au lieu de lui commander. Ces artistes improvisateurs, ces poètes qui écrivent sans avoir composé, doivent, en effet, rarement éprouver la lassitude, et on peut contester à leur œuvre le noble mérite du travail, de l'effort, de la douleur, châtiment et grandeur de l'esprit humain. La nécessité de composer son poème, d'en méditer le plan et la pensée avant de mettre la main à la plume, de chercher, de choisir, de fouiller dans les entrailles de la pensée et du langage, cette loi de tout écrit vigoureux et magistral, est méconnue, surtout des jeunes écrivains. La plupart des mémoires qui vous ont été présentés, portent ces traces de la jeunesse et de l'inexpérience.

C'est à un ordre plus sérieux, c'est à la classe des écrivains qui méditent et qui savent laborieusement préparer au lecteur un plaisir facile, qu'appartient le poème signalé par la commission à vos suffrages.

Le plan est conçu dans de justes proportions, enfermé dans un cadre bien choisi. Ce n'est là ni une biographie de douze cents vers, ni un compliment agencé dans les quatorze vers d'un sonnet, comme il en est quelques-uns parmi les trente-huit poèmes envoyés au concours.

La difficulté principale du sujet, celle d'être suffisamment technique et de rester poète en parlant du métier à tisser, a été surmontée, par l'auteur du n° 25, avec un bonheur qui fait sur ce point, de son poème, un véritable chef-d'œuvre d'imagination et de souplesse de style. La figure de l'inventeur, la noble personnalité de Jacquard ne s'y perd point, comme dans un grand nombre d'autres pièces, en de vagues tableaux du génie de l'homme et des développements de l'industrie : Jacquard y respire tout entier, et cependant l'écrit n'est surchargé d'aucun de ces détails biographiques étrangers à la véritable action du poème, et qui donnent à tant d'autres mémoires leur stérile longueur. La couleur locale et lyonnaise dans les mœurs, dans le paysage même de notre ville, y brille en traits d'un pittoresque saisissant, condensés par la plus savante sobriété. Des considérations morales, aussi élevées qu'irréprochables, attestent le penseur sous le poète, et plus d'un vers en provoquant l'attendrissement, atteste une âme émue derrière cette intelligence d'écrivain, si vive, si souple, si ingénieuse.

Nous n'essayons pas, Messieurs, de faire ressortir tous les mérites de détail qui font de ce mémoire une œuvre si éminente d'imagination et d'excellent style poétique. Le poème tout entier passera sous vos yeux, et les beaux vers plaideront plus éloquemment que notre rapport en faveur de la couronne qui leur est destinée. Nous ne doutons pas d'ailleurs que réveillée par un suffrage imposant comme le vôtre, la publicité qui attend l'écrit victorieux au sortir de cette enceinte, n'ajoute au prix de cette victoire si méritée l'éclat d'un succès qui dépassera la sphère de notre ville, pour avoir, dans le monde littéraire le plus élevé, son retentissement et sa consécration.

Votre commission vous propose donc, Messieurs, d'accorder une mention honorable au mémoire n° 19, portant pour épigraphe : *In memoriâ æternâ erit justus. Dignum laude virum musa vetat mori.*

Une autre mention honorable au mémoire n° 9, épigraphe : *Os homini sublime dedit, cœlumque tueri jussit, et erectos ad sidera tollere vultus.*

Une mention très-honorable au mémoire n° 24, portant pour suscription : *Les hommes de génie peuvent être considérés, etc...*

Enfin, Messieurs, la commission vous demande de décerner, avec un témoignage de votre haute satisfaction, la médaille d'or de mille francs offerte par M. de Bonafous à l'auteur du mémoire n° 25, portant pour épigraphe : *Virtute duce, non comite fortuna.*

UNE VISITE

AU

TOMBEAU DE JACQUARD,

Par M. Jean TISSEUR

Poëme couronné par l'Académie de Lyon, dans sa séance du 21 juin 1853.

Ce matin, j'ai voulu, loin des bruits de la ville,
Venir te saluer en ton dernier asile,
O grand homme de bien, couché sous le gazon !
Je suis parti ; le jour naissait à l'horizon,
Et déjà la cité que ton nom glorifie
Recouvre, grâce à toi, la parole et la vie ;
Car, mort, tu la fais vivre, et j'entends, gai signal,
Le premier battement du métier matinal.
Bruit sacré ! n'est-il pas pour la cité muette
Ce qu'à l'aube est aux champs le cri de l'alouette ?
Voilà les maraîchers arrivant des faubourgs,
Les grands quais, le coteau surmonté de ses tours,
Son versant plein de grâce où la vitre flamboie ;
Il semble avec le jour réverbérer la joie.
Et plus loin, c'est Perrache et la houille en monceaux ;
C'est le gaz, les wagons ; c'est le bruit des marteaux
Façonnant la chaudière en l'atelier sonore ;
C'est le Rhône splendide aux clartés de l'aurore,
Des glaciers paternels en son sein reflétés,
Gardant l'âpre fraîcheur et les tons argentés ;
Son flot ennoblit tout ; le moindre coin de terre
S'empreint, touché par lui, d'une grandeur austère ;

C'est enfin, près de moi, le tumulte d'un port,
Les immenses bateaux fumant le long du bord;
Déjà, prêts à partir, ils retournent leurs proues;
J'entends sonner dans l'eau la palette des roues,
Je suis leur blanc sillage et leur panache noir,
Et pour couronnement les Alpes se font voir.

Alors ému, ravi devant ce paysage,
Évoquant de Jacquard la pensée et l'image,
Je me dis: est-ce à moi d'aller sur son tombeau
Redresser son laurier? en sera-t-il plus beau?
Sa gloire d'un rayon en sera-t-elle accrue?
Non, le métier qui bat au coin de cette rue,
Voilà le vrai rhapsode, et, seul, il en dit plus
Que ne feront jamais tous les chants de nos luths.

Ah! ce qu'il te faudrait, ce n'est pas un poète,
Ni l'encens de mes vers; c'est tout un peuple en fête
Libre et sage, à longs flots sur ces bords répandu,
T'offrant, par un beau jour, l'hommage qui t'est dû.
Quel spectacle! le peuple uni dans un seul culte;
L'aurore, à son ivresse, à son joyeux tumulte,
Prêtant, comme aujourd'hui, son or et son carmin;
Les mais enrubannés jalonnant le chemin;
Au premier rang, le chœur des enfants des écoles,
Puis, les corps de métiers; partout des banderolles,
Les palmes, les arceaux de verdure et les chants!
Voici les magistrats! le tambour bat aux champs;
Mêlons-nous au cortége, allons, suivons la foule,
Sous nos pieuses mains que le chariot roule;
Il porte de Jacquard le buste vénéré;
C'est bien lui; sur son front brille un rayon sacré.
La profondeur s'y montre à la candeur unie;
Venez, touchons aussi l'enfant de son génie,

Son métier, son chef-d'œuvre, à pas lents promené ;
D'olives et d'épis comme ils l'ont couronné !
Comme autour des rameaux et des branches fleuries
Ils ont su dérouler tout l'éclat des soieries,
Assortir les couleurs et grouper avec art
La moire, le satin et l'émail du brocart :
Ici, de clairs tissus, des écharpes, des voiles ;
Là, de sombres velours étincelants d'étoiles,
Où l'agile navette, émule du burin,
Dans la pourpre et l'azur a ciselé l'or fin.
Aux acclamations qui montent du rivage,
Tout répond : le grand fleuve et sa dune sauvage,
Ses îles, ses remous ; et, contraste enchanteur,
Au couchant, ces jardins semés sur la hauteur,
Ce coteau, ces villas, ces ombrages, ces vignes,
Et la Saône ondoyante aux gracieuses lignes ;
Même, au fond de la grotte où Jean-Jacque a dormi,
Ecoutez : l'oiseau chante et le lierre a frémi.

Ainsi, contemporain des futures années,
D'avance j'applaudis à ces Panathénées ;
Car, par elles, un jour, de leurs ancêtres morts
Nos fils, moins oublieux, répareront les torts.
Brillantes, à travers la saulée où je rêve,
Je les vois, comme moi, côtoyer cette grève,
Cheminer pas à pas vers le funèbre enclos
Où Jacquard est couché dans l'éternel repos.
Là, dans les rangs pressés de ces tombes agrestes,
Je cherche l'humble croix qui protége ses restes.
Silence ! c'est ici. Ce mûrier est le sien.
La palme est bien choisie et ce laurier va bien.
Silence ! Pour louer le bienfaiteur, le juste,
Quelqu'un se lève ; il prend place au pied de l'arbuste ;
Et la foule, à sa voix, est prompte à s'émouvoir.

Et d'abord il a dit, mère de tout savoir,
L'Inde antique où des arts se cache l'origine;
Il dit l'écheveau d'or apporté de la Chine,
La Grèce s'en empare, et Lyon des Gênois
Apprend à le tisser pour la première fois;
Il dit notre industrie et sa débile enfance,
Tous nos rois attentifs à prendre sa défense,
Chacun de leurs édits de sagesse rempli;
Les mûriers s'élevant à la voix de Sully,
Leur nombre, leur culture, et le mois où se cueille
Sous le ciel du midi leur résineuse feuille;
Le ver naissant, sa mue et ses subtils travaux,
Lorsqu'il va, transpirant l'ambre de ses réseaux,
Ourdir sur la bruyère une cellule blonde;
La danse du cocon dans la bassine ronde,
La fileuse qui chante et détache le brin;
Puis, tous les fils tordus à l'aide du moulin,
L'usine blanche et vaste, et, sur les étagères,
Les éclairs tournoyants des bobines légères;
Et, mieux que ne sauraient le retracer mes vers,
Il peint la soie errante en ses états divers,
Passant, pour revêtir mille teintes brillantes,
De l'azur froid du Rhône en des cuves bouillantes;
Il n'eut garde surtout d'oublier vos travaux,
Vous qui, peintres sans gloire et pourtant sans rivaux,
Déroulez sur les plis de l'étoffe nouvelle
L'inépuisable éclat de la Flore éternelle;
Ni ceux qui, de votre œuvre analysant les tons,
Tracent l'ordre des fils et percent les cartons;
Ni l'ouvrière assise auprès de la fenêtre
Où le bleu liseron tend son rideau champêtre;
Ni les métiers qui vont, loin de nous emmenés,
Tisser la soie aux champs près des lis étonnés;
Puis, remontant le cours des époques antiques,

Il dit quels échevins fondèrent nos fabriques,
Les chapes, les draps d'or, chefs-d'œuvre d'autrefois,
Les suaires gardés dans le tombeau des rois;
Puis l'Orient vaincu, l'essor de notre ville,
Chaque siècle marqué par un progrès utile,
Tous ceux dont la science a secondé notre art;
Et d'un geste montrant le métier de Jacquard :

O Poètes! venez lui rendre témoignage;
Amants passionnés du rêve et de l'image,
L'Utile vous déplaît, le Réel vous aigrit,
Et vos yeux sont tournés où la forme fleurit.
Pour vous, Dieu c'est un peintre, un poète, un artiste,
Teignant les horizons de pourpre et d'améthyste,
A la voûte des nuits clouant l'étoile d'or
Ou le croissant d'argent; mais Dieu, c'est plus encor,
C'est celui qui pondère, en l'azur sans limites,
L'étoile par l'étoile et décrit les orbites,
Celui qui calcula, sous la beauté des corps,
Les rouages savants et le jeu des ressorts;
Oui, devant l'Archimède et l'Homère suprême,
La terre est un métier comme elle est un poème.
Et Platon le savait, lui, le prêtre inspiré;
Car ton art à ses yeux, ô Jacquard, fut sacré;
Car tout objet réglé par le rhythme et le nombre
Du mouvement des cieux lui retraçait une ombre;
Il eût souri de joie en te voyant assis
Au métier restauré de Minerve et d'Isis.

O Poètes! la lyre au dédain est encline;
Vous vous dites issus d'une race divine;
Mais quand Jacquard enfant, sous son doigt inexpert,
Pour en faire un jouet taillait le sureau vert,

Et, déjà sérieux, obéissait sans doute
A cet obscur instinct que tout grand homme écoute.
Croyez-vous qu'une Muse, accompagnant ses pas,
Au mécanicien n'a point parlé tout bas?
Plus tard, près du métier où travaillait l'ancêtre,
Il n'eut qu'à l'appeler pour la voir apparaître :
« Oh! viens, lui disait-il, viens, délivre mes yeux
De tout ce que je vois; ces cordes et ces nœuds,
Ces marches, ces agrès, ce rame, cette lisse,
C'est l'instrument grossier d'un éternel supplice.
Je me meurs chaque jour sous ce comble étouffant,
Je me meurs dans la chair de ce chétif enfant,
Prisonnier, comme moi, dans les faisceaux du sample;
Vois son sang appauvri, sa joue hâve; contemple
Sa gêne, la torture où son corps s'est noué...
Pitié pour cet enfant dans le métier cloué!
Pitié pour son martyre et pour son agonie! »
Et déjà, dans son cœur écoutant son génie,
Jacquard impatient rêve d'anéantir
La géhenne où tu meurs, pauvre petit martyr.
Déjà, le vieux métier en cache un autre en germe;
Il sonde avec ardeur l'arcane qu'il renferme,
Sans maître, ni conseils, ni livres, mais guidé
Par ce regard profond à l'amour accordé.
Chaque jour, en lui-même, il calcule, il mesure
Du métier pressenti l'idéale structure,
Effaçant aujourd'hui son ébauche d'hier,
Mariant aux cartons ses aiguilles de fer,
Jusqu'à l'heure où son pied, en pressant la pédale,
Fait jaillir la lumière en ce sombre dédale.

Et maintenant tu peux, loin des samples maudits,
Secouer au grand air tes membres engourdis;
Pauvre enfant! te voilà délivré; remercie
Celui qui fut pour toi comme un second Messie!

Et toi, dont le regard accueille avec soupçon
Ce métier inconnu, c'est aussi ta rançon,
C'est ton corps retrempé, c'est une âme plus forte,
O craintif ouvrier, que ce métier t'apporte.
Vois, comme sous ta main, clavier harmonieux,
Il exhale à souhait la musique des yeux,
La gamme des couleurs plus brillante et plus nette;
Dans son vol plus agile admire la navette;
Ne croirait-on pas voir, armé de son patin,
Un petit pied de fée effleurer le satin,
Et les fleurs par milliers, sous sa fertile danse,
Naître au bruit du battant qui marque la cadence.

Fête donc sa venue; ah ! sans doute les jours
Seront, même après lui, laborieux et lourds ;
L'ouvrage manquera; la faim, morne fantôme,
Viendra rôder encor près du métier qui chôme ;
Plus d'une fois, le soir, on entendra le chant
De l'ouvrier à jeun devenu mendiant.
Oh ! par les soirs d'hiver quand j'entends cette plainte,
Cette lugubre voix dans le brouillard éteinte
Gémir au fond des cours, je ne suis pas de ceux
Qui disent : c'est encore un pauvre, un paresseux.
Non, le sang des aïeux crie au fond de mes veines ;
Qui sait si l'un des miens, vers des portes hautaines,
N'a pas, dans l'ombre, aussi traîné son dénûment ?
Mais je te le dis, moi, dans ce sombre moment,
A ces heures de crise où le cœur s'exaspère,
Pense, pense à Jacquard, celui-là c'est ton père,
Ton patron, ton vrai chef; d'autres peuvent venir
Qui tout bas te diront : bats-toi pour en finir ;
Aux plombs de ton métier va demander des balles ;

C'est le fer qui fera les portions égales
À ce banquet du riche où manque ton couvert;
Ceux-là mentent; le fer ne résout rien; le fer
Egorge, voilà tout! C'est l'esprit qui délie,
C'est la loi du travail plus douce et mieux remplie,
C'est le temps, c'est l'amour, c'est Dieu qui de sa main
Dirige les soleils comme le genre humain,
Et fait vers l'Idéal où sa face se voile
Monter l'esprit de l'homme et graviter l'étoile.

Ivre de l'avenir, dédaigneux du présent,
Tu te ris du bienfait du modeste artisan;
Les mondes à ton gré, dans leur marche ordinaire,
Sont trop lents; tu voudrais, par des coups de tonnerre,
Les harceler sans cesse et voir jaillir des mers
Ton Utopie en fleurs au milieu des éclairs.
Comprends donc mieux le monde et ses métamorphoses,
Et la place assignée aux hommes comme aux choses;
Contre la forteresse et les maux du passé,
Sache-le, ce métier, c'est un bélier dressé,
C'est l'arme de la Paix, l'arme que rien ne brise!
Ah! dans la rude guerre en ce siècle entreprise,
Nul n'a mieux combattu, nul ne s'est mieux conduit
Que ce pauvre ouvrier qui fit si peu de bruit.
Près de Papin, de Watt et de Jenner il brille,
Et sa place est marquée en leur grande famille,
Auprès des noms fameux, des héros inventeurs
Qui mirent dans nos mains les outils rédempteurs,
Ces outils plus nombreux, plus parfaits d'âge en âge,
L'un de l'autre engendrés par un secret lignage:
La bêche cultivant l'épi du premier jour,
Et, quand naît le besoin d'un plus vaste labour,
La charrue, aux confins des zones infertiles,
Prolongeant le sillon qui nourrira les villes;
Le fuseau primitif, ce métier du berger,

Ébauche de celui que Jacquard vient changer,
La hache, le compas, le levier et l'équerre,
Ces outils par qui l'homme au monde fait la guerre,
Et sans cesse en arrache, en un vaillant effort,
Et la moelle et le sang qui le rendent plus fort.

Et si l'homme travaille, invente, agit, calcule,
Dans ses creusets brûlants s'il fond la molécule,
Si, d'un doigt curieux, dépeçant l'univers,
Il lit, comme un augure, en ses flancs entr'ouverts,
Si, de la plaine aux fleuves et des mers aux collines,
On entend haleter le troupeau des machines,
Si son verbe muet court sur un fil léger,
Si l'invisible aimant devient son messager,
S'il ouvre plus d'issue à la force qui crée,
Si, de sa propre vie en tous sens pénétrée,
La nature n'est plus, docile à ce qu'il veut,
Qu'un organe sans borne où son esprit se meut,
O douleur ! ô douleur ! marâtre sans entrailles,
Toi qui dévores l'homme en lui disant : Travaille
C'est afin que ton glaive, à nous poindre acharné,
Recule et tombe enfin de ton bras enchaîné,
C'est afin que la Paix, dont l'abondance est mère,
Ici-bas soit durable et non plus éphémère !
Jusques au dernier jour ton utile aiguillon
Saura relancer l'homme au bout de son sillon ;
De notre royauté n'es-tu pas l'ouvrière ?
A celui qui s'arrête ou retourne en arrière,
Tu diras : Marche encor ! Mais lutter contre toi,
Vaincre, briser ton dard, c'est aussi notre loi ;
J'en crois les maux d'autrui que ma pitié partage,
Mon pur frémissement quand ma main les soulage,
O douleur ! j'en crois Dieu qui fit une vertu
D'un verre d'eau donné, d'un indigent vêtu.
Aussi, noble artisan, pour ton œuvre accomplie,

Pour avoir répandu le bien-être et la vie,
Pour tant de maux vaincus, quelle immortalité,
Quel laurier, ô Jacquard! n'as-tu pas mérité?
Devant Dieu, quelle palme à la tienne est égale,
O nouveau fondateur de ta cité natale!
Par toi, d'un peuple entier refleurit le vieux sang;
Et le luxe des rois à l'ouvrier descend,
Et sa fille, ô Jacquard, te devra cette joie
De pouvoir, elle aussi, s'admirer dans la soie;
Et, du Danube au Nil et du chaume au palais,
Partout où de la soie éclatent les reflets,
Partout où, grâce à toi, ses radieuses trames
Célèbrent la beauté sur l'épaule des femmes,
Partout ton nom rayonne, et jusque dans les plis
Des drapeaux de la France, ô Jacquard, je le lis.
Et pourtant sans honneur tu gîs sous ta croix noire,
Ainsi qu'un mort vulgaire, oublié dans ta gloire.
Les ans ont effacé les lettres de ton nom,
Ta croix tombe en poussière; ah! vengeons cet affront!
Peuple, élève un tombeau dont la magnificence
Raconte son génie et ta reconnaissance!

Mais alors une voix: Pourquoi te récrier?
Frère, laisse à Jacquard, laisse-lui son mûrier!
Quel marbre fastueux, quel fût orné d'acanthe
Vaudrait ce vert symbole et cette ombre éloquente?
Vivant, il eût fait choix de ce riant cyprès;
Et ces plantes des champs qui croissent tout auprès,
Ces mauves, ce mouron où le passereau vole,
N'est-ce pas de ses jours la douce parabole?
Car si Jacquard fut grand il fut plus simple encor;
Que son humilité lui reste dans la mort,
Qu'elle soit la leçon, la dernière harmonie
Que nous laisse après lui sa mémoire bénie.
Hommes, nous voulons tous être admirés; il faut

A notre vanité le siége le plus haut,
Le premier rang, l'honneur, les profits, la fortune ;
Nous avons le dégoût de la sphère commune ;
Où le père a vécu le fils est à l'étroit ;
Notre ambition même est érigée en droit.
Au but qu'on s'est marqué toucher, quoi qu'il en coûte,
S'y ruer en foulant les autres dans sa route,
C'est faire son chemin ; mais toi, dans ta candeur,
Tu l'ignoras toujours cette farouche ardeur,
Ouvrier ingénu, figure débonnaire,
Toi que j'aime encor plus que je ne te vénère !
Erudit sans étude et grand sans le savoir,
La vie à tes yeux fut ce qu'elle est, un devoir,
Et non, comme pour nous, une olympique arène
Où chaque ambition brûlante se déchaîne.
Jeune homme, époux ou père, en tout temps tu sus bien
Faire avant le grand homme aimer le citoyen.
Humble et prenant ta part des humaines traverses,
On te vit, résigné dans tes peines diverses,
O bonhomme naïf, au front pensif et doux,
Vivre comme eût vécu le moindre d'entre nous,
Et, cherchant de tes fils l'accord inimitable,
Rêver de ton métier, comme Jean d'une fable.
Quand l'ouvrier, ce frère, objet de tant de soins,
Eut brûlé ton métier, tu ne l'aimas pas moins ;
Il répandit au vent cette poussière sainte,
Sans pouvoir à ta bouche arracher une plainte,
Et, te réfugiant dans un hautain mépris,
Tu n'as même pas dit : la gloire est à ce prix.
Et, tels que des frélons, exploiteurs des abeilles,
Quand d'autres récoltaient tout le fruit de tes veilles,
Tu vis briller leur or sans en être envieux,
Tu gardais ton sourire et répétais : tant mieux.

Ah ! que l'apaisement de ton cœur pacifique
Nous fait honte, ô Jacquard, ô vrai sage, homme antique,

A nous, poètes vains, dont l'étoile des soirs
Entend les petits vers et les grands désespoirs,
Et qui sommes toujours près d'imputer à crime
A l'univers distrait le revers d'une rime.
Je crois te voir d'ici, lorsque rempli de jours,
De ton humble jardin parcourant les détours,
On t'eût pris, souriant sous ta couronne blanche,
Pour un frère anobli d'Ampère et de Ballanche,
Chéri par les enfants qu'attirait ta douceur,
De ta vieille servante ayant fait une sœur.
Je converse avec toi : tantôt ta main tremblante
Échenille un poirier ou relève une plante ;
Tu caresses tes fleurs, tu t'assieds au soleil ;
A ta calme vertu je demande conseil,
Et ta voix me répond : « Travaille sans relâche,
« Ni jouir, ni pleurer ; agir, c'est notre tâche.
« Au-dessus de ta tête est Dieu, ton cœur en toi;
« Que te faut-il de plus pour accomplir la loi ?
« Travaille où Dieu t'a mis ; ne me dis pas : pour faire
« Quelque chose de grand trop infime est ma sphère ;
« Rien n'est vil ; rien de nous ne retourne au néant.
« La chute d'une pierre agite l'Océan.
« Travaille ; tout se lie ici-bas, tout s'enchaîne ;
« Un atome a son rôle et du gland naît un chêne. »

Et tu prêchas d'exemple, ô Jacquard; ton métier
Utile à ton pays, profite au monde entier ;
L'Indien, comme nous, près du Gange l'admire ;
Et, des Alpes d'Europe aux champs de Cachemire,
Propagé comme un livre où ton cœur est écrit,
Il civilise l'homme, il affranchit l'esprit.

Et mon rêve achevé, la nuit étant venue,
De la ville, à pas lents, je repris l'avenue.

Le fleuve étincelait sous le clair firmament,
Paisible comme un lac ; près de moi, par moment,
Le volcan vagabond de la locomotive
Passait en ébranlant le talus de la rive.
La ville constellée éblouissait mes yeux.
On eût dit, à la voir belle comme les cieux,
Que, ce soir, chaque étoile, en secouant ses ailes,
Sur elle avait laissé tomber des étincelles;
Et tous ces feux formaient dans l'éther argenté
Comme un blanc crépuscule où nageait la cité ;
Et parmi tous ces feux je pus te reconnaître,
O lampe du métier tremblante à la fenêtre !
Oui, je t'ai reconnue aux oscillations
Du battant régulier traversant tes rayons ;
Et comme, le matin, de son hymne sonore
Le métier diligent a devancé l'aurore,
Cette nuit, sur le front de la cité qui dort,
Étoile du travail, tu mets ton rayon d'or.

Lyon. — Imprimerie de F. DUMOULIN, Libraire, rue Centrale, 20.